COLLECTION FOLIO

Philippe Sollers

Trésor d'Amour

Gallimard

Les documents reproduits en pages 156, 157, 158, 159 et 160 sont extraits de Vie de Henry Brulard *de Stendhal (Folio classique n° 447) et en page 124 de* Lamiel *de Stendhal (Folio classique n° 1462).*

Philippe Sollers est né à Bordeaux. Il fonde, en 1960, la revue et la collection « Tel quel » ; puis, en 1983, la revue et la collection « L'Infini ». Il a notamment publié les romans et les essais suivants : *Paradis, Femmes, Portrait du Joueur, La Fête à Venise, Le Secret, La Guerre du Goût, Le Cavalier du Louvre, Casanova l'admirable, Studio, Passion fixe, Éloge de l'infini, Mystérieux Mozart, L'Étoile des amants, Dictionnaire amoureux de Venise, Une vie divine, Guerres secrètes, Un vrai roman. Mémoires, Les Voyageurs du Temps, Discours Parfait, Trésor d'Amour, L'Éclaircie.*

Douleur d'amour ne dure qu'un moment,
Trésor d'amour dure plus que la vie.

Proverbe vénitien
(16e siècle)

L'amour a toujours été pour moi la plus grande des affaires, ou plutôt la seule.

STENDHAL

Nuit après nuit, jour après jour, en rêve, la demande est insistante et pressante : il faut absolument terminer ce livre, le mener à bien, le livrer à l'extérieur pour le vérifier. *Il faut.* Le titre, *Delta,* est là depuis des années, je revois quand et comment il a surgi en mouvement devant moi, l'eau miroitante du Dorsoduro, à Venise, les lettres bleues sur fond blanc du grand bateau venant d'Alexandrie. Il était midi, les cloches sonnaient à toute volée, j'avais pris une sérieuse dose, l'horizon se mêlait à lui-même, c'était le splendide automne, et, une fois de plus, la grande certitude était là.

C'est quoi « la grande certitude » ? Rien de particulier, le ciel en soi, le Graal. Pour que l'événement ait lieu, il faut, évidemment, un comble de fatigue, de découragement, d'angoisse, de dégoût, la morsure de mort habituelle, le coup de l'abîme. Tu te traînes, tu rampes, tu multiplies les erreurs, tu as mal partout, tes yeux fondent. Pas d'issue, torrent d'oubli, non-sens général. Et puis soleil, et puis ça va.

Ainsi, ce dimanche-là, l'admirable et élégant *Delta* fendait l'eau, remorqué par le *Pardus*, avec ses voyageurs massés sur les ponts dans la lumière et le tintamarre des mouettes et des cloches. En ce temps-là, si je me souviens bien, ma vie était un enchantement durable. Des heures de trous noirs, mais elles rendaient le soleil plus fort. Comme le dit Lancelot en train de chanter et danser dans la grande prairie aux quatre pins : « Qu'il fait bon garder ses amours ! » Au diable les affaires, les costumes, les dates. La bonne folie nous convient.

Les mots « trésor », « amour » appartiennent spontanément au vocabulaire amoureux, ils sont prononcés un milliard de fois par jour dans toutes les langues, sous toutes les latitudes, et fleurissent sans cesse sur les lèvres des mères et des grand-mères qui adorent leurs enfants et petits-enfants, surtout mâles. À l'instant l'une d'elles me téléphone : elle est avec son petit-fils de trois ans dans un parc de Paris, et je l'entends toutes les dix secondes s'inquiéter de son équilibre, « Trésor attention ! », « Amour, non, reviens ! », mots chantonnés de façon gracieuse. Tous les téléphones portables de la planète, même ceux qui n'ont rien à cacher, sont remplis de ces murmures, chastes ou pas. L'humanité s'en défend, mais elle est passionnée et pudique. Elle rougirait de dévoiler son intimité : « Chéri », « Chérie », « Amour ! », « Trésor ! » Qui s'exprimerait ainsi au-dehors, sauf affectation théâtrale, sombrerait vite dans le ridicule, mais tout va bien s'il s'agit de bébés par définition charmants. Vous imaginez aujourd'hui un roman ayant pour titre *Trésor d'Amour* ? Ça paraîtrait grotesque, on ne l'ouvrirait qu'en cachette.

En trois siècles, on est donc passé du refoulement et de la sublimation religieuse au libertinage, du libertinage à la passion romantique, de là à la pudibonderie, de là encore à la prolifération sexuelle et pornographique, avant de retourner, via la maladie et la technique de reproduction, au refoulement ordinaire et originaire qui revient, chaque fois, au point mort. La boucle est bouclée, le spectacle achevé, il est temps d'en tirer les conséquences. Tous les éléments précédents peuvent concourir à une unité supérieure ayant la profondeur intérieure comme objet. Sérieux, pudeur, liberté, dévoilement, délire, cœur, goût, délicatesse, crudité, œil clinique, plaisir, retrait. Le temps est un trésor, et, pour l'ensemble de l'aventure, on garde le mot si controversé d'*amour*.

Minna, trésor d'amour.

Il y a plusieurs Venise, mais la plus dérobée et la plus secrète est la mienne depuis toujours. Je revois la petite boutique aujourd'hui disparue, à droite, sur le Campiello Barbaro, basse, sombre, étroite, derrière la fontaine coulante, venue d'on ne sait où et maintenue on ne sait comment, bric-à-brac en tout genre, meubles anciens, cartes, miroirs, vieux livres, bijoux, avec son nom, impensable en français mais bel et bien là en italien, en lettres dorées à peine lisibles : *Tesoro d'amore.* Drôle de trésor, accumulations et entassements d'histoires, au moins cent petits romans. On passe un matin par là, Minna et moi, les deux bagues sont là, en vitrine, sur un coussin rouge, elles s'offrent avec une telle évidence qu'on entre. Le type, à l'intérieur, dans un coin, doit avoir 120 ans ou peut-être 6 000, il somnole dans un grand fauteuil, même pas dans l'attente d'une clientèle d'ailleurs improbable, vu la vétusté du lieu qui doit rejeter les rares touristes égarés par là. Je montre les deux bagues au type à moitié endormi, deux serpents d'or entrelacés, petit doigt pour Minna, index pour moi, sûrement une fortune. Le type n'ouvre même pas les yeux, il fait un geste de la main droite qui veut dire « je m'en fous, vous voyez bien que je ne suis plus là, prenez et partez », et on se retrouve dehors, il n'y a personne, j'ai laissé pas mal d'argent près du vieux, tout cela comme en rêve, avec le plus grand naturel, *tesoro, amore,* trésor, amour. Les deux bagues qui, comme l'indiquent deux minuscules étiquettes, ont été conçues pour un homme et une femme de la fin du 16e siècle, brillent maintenant sur nos deux mains gauches. De qui venons-nous de prendre la place ? On ne sait pas.

Récemment, pendant qu'une crise financière énorme secouait les banques mondiales, une information étrange est passée inaperçue. Des archéologues grecs venaient de découvrir une épée de quatre-vingt-quatorze centimètres, à poignée d'or, datant du 12e siècle avant notre ère. Elle était là, au repos, dans une tombe mycénienne. Vingt mille milliards de dollars partis en fumée d'un côté, une épée à poignée d'or de l'autre, choc des siècles, Bourse en folie, *raccourci.*

Beaucoup de choses ont lieu, très peu sont à l'œuvre, et pourtant, malgré l'intense brouillage social, des angles nouveaux se font jour. Autre information inaperçue : celle qui concerne l'acoustique des grottes ornées préhistoriques. Là où il y a peinture, il y a maximum de son, au point qu'un simple « om », près des niches très décorées, fait gronder l'ensemble de la grotte. Dans plusieurs sites explorés, le nombre de peintures augmente d'une salle à l'autre avec le nombre d'échos. J'ai eu, très jeune, cette expérience à Lascaux : un son immense, en même temps que la chevauchée des animaux libres.

Les hommes du paléolithique chantaient lors de leurs cérémonies. Les peintures des grottes sont souvent exécutées dans des endroits presque inaccessibles, certaines salles étant situées à plusieurs kilomètres à l'intérieur. Cette peinture d'action devait servir de lien rituel entre le monde physique et les forces invisibles. S'il est inspiré, le voyageur du temps le ressent.

Mais il y a mieux : le son, dans les cavernes, était d'abord une boussole. Dans l'obscurité souterraine, l'éclairage était faible et les torches inutilisables dans les boyaux. On se servait donc du son comme d'un sonar pour se déplacer et s'orienter. La voix allait et revenait, déchiffrant l'espace. Très souvent, il suffit de suivre la direction de la meilleure résonance pour arriver aux peintures. L'oreille sait où elle a quelque chose à voir. Ainsi, les points d'ocre, à l'intérieur des boyaux, correspondent au maximum de résonance. Voilà le chemin, et, au fond, quand on écrit, c'est pareil.

On avance à tâtons, à l'aveuglette, on envoie la voix, elle résonne, elle fait parler le roc, on allume, et c'est aussitôt la féerie des bisons, des chevaux, des bouquetins, des cerfs, la splendeur du monde en couleurs. On entend d'abord, on voit ensuite. La peinture n'est pas une image, mais une sculpture en mouvement dans le son. Le mugissement spirituel de Lascaux traverse la terre et la roche, et c'est le ciel de la chasse, la sauvagerie ultradélicate de l'air. Ma voix devient un opéra d'avant le Déluge, et dans le puits sacré, là-bas, près d'un bison blessé, un homme à tête d'oiseau affronte la mort.

Je ne suis pas ressorti le même de cette plongée. J'avais volé non pas le feu mais le son. Grand vertige, souffle intense. Un truc à la Jonas, de profundis clamavi. Ma main, un instant posée contre la paroi, m'entendait. Elle m'entend toujours.

Quant au roman qui, au lieu de celui-ci, aurait dû s'appeler *Delta*, il a fini par se perdre dans un flot imprévu et ininterrompu de mémoire. Je voulais partir de la source à peine perceptible des fleuves, m'arrêter en montagne, étudier la naissance cachée de ces grands monstres incessants qui deviennent ensuite le Nil, le Niger, le Danube, le Rhin, les fleuves Bleu et Jaune, leurs entrées ramifiées, bien plus tard, dans les océans ou les mers. L'Amazone, pourquoi pas, sept mille kilomètres des Andes à l'Atlantique, avec ses trois mille espèces de poissons, ses dauphins, ses caïmans. J'ai commencé, j'ai vite renoncé, l'élégant et rapide *Delta* me ramenait toujours à Venise, cloches, mouettes, soleil.

Il n'empêche : le mot *delta*, quatrième lettre de l'alphabet grec (*daleth* en hébreu), m'attire et me fascine encore. Je trouve amusant qu'un esprit aussi positiviste que Littré en donne la définition suivante : « Triangle entouré de rayons, dans lequel on dessine un œil ou les lettres hébraïques qui composent le nom de Dieu et qui, dans nos églises, est le symbole de la sainte Trinité. »

C'était le bon vieux temps. Plus curieusement, un article d'un dictionnaire maçonnique a retenu mon attention. « Delta : selon certains auteurs, dont les sources restent invérifiables, nom d'une société secrète fondée en Égypte par des membres de l'expédition de Bonaparte, en 1798. »

Mais enfin, à cause du roman vénitien avec Minna, *Trésor d'Amour* s'est imposé. L'idée est la même : confluence, convergence, débordement, synthèse, bouillonnement venu de partout, de l'enfance, des années lointaines, des villes, des campagnes, des pays traversés, des situations historiques, des glaciers disparus, des livres, des corps rencontrés, des vallées. L'entrée, à midi, du paquebot *Delta* dans Venise voulait dire que Venise, en soi, était ce delta. La rencontre avec Minna *devait* se produire.

Minna Viscontini est née en 1973 à Venise. Son père, mort en 1989, était bibliothécaire à la Marciana, et sa mère, morte en 2003, professeur de piano au conservatoire Benedetto Marcello. Elle a été mariée deux ans à un banquier de Turin (« une erreur »), le temps d'avoir une fille, Clélia, qui a maintenant 5 ans. À 35 ans, elle est toujours professeur de littérature comparée à l'université de Milan. Sa spécialité est la littérature française, et, en réalité, un seul auteur : Stendhal. Elle a publié, en italien, un brillant petit essai sur les *Souvenirs d'égotisme.*

Son prénom, donné par son père, vient de Stendhal, en pensant à « Mina de Vanghel », un bref roman qu'on trouve dans *Le Rose et le Vert.* Le deuxième *n* a été ajouté pour conjurer l'étrange folie de ce personnage. Le prénom de sa fille, Clélia, vient de *La Chartreuse de Parme.* Minna, aussi, en écho à la Pamina de *La Flûte enchantée* de Mozart. Quant à son nom, il m'a fallu un certain temps pour en découvrir la légende.

Je l'ai rencontrée pour la première fois à New York, en 1997, lors d'un dîner chez des amis. Elle avait donc 24 ans, petite beauté brune frappante. On a passé une nuit de rêve, presque sans parler, dans ma chambre d'hôtel. C'était encore le grand New York où, par exemple, fumer était possible, et où elle m'a étonné par sa confiance, si peu américaine, en ne faisant même pas allusion au préservatif. Je repartais le lendemain, son drôle de prénom m'est resté, ses yeux noirs, ses cheveux courts, son corps souple et savant, sa bouche, et, comme une clé de musique, la petite lettre S tatouée en bleu sur l'épaule gauche. Puis plus rien. Jusqu'en octobre 2001, à Paris, où elle est venue me demander ce que je pensais de Stendhal. La conversation se poursuit.

Je parle surtout du New York où j'ai vécu, à la fin des années 1970, ville battante et vibrante, en constante réinvention. J'habitais au seizième étage, près de l'Hudson, dans Horatio Street. Je venais là deux fois par an, je faisais semblant, pour l'argent, de donner des cours de littérature à l'université, en réalité je vivais ma vie en désordre. J'ai été très heureux avec quelques Européennes, Chinoises, Noires, Colombiennes ou Portoricaines, dragues faciles et sans histoires, aux antipodes des puits de névroses des Américaines, ces grandes malades du blocage mondial. Un simple flirt, et c'est tout de suite l'inflammation, la demande en mariage, l'horizon juridique, l'alcool, les plaintes, l'agressivité, les pleurs. Le puritanisme américain n'a pas bougé d'un millimètre, et a réussi à produire cette nouvelle religion : femmes mariées et remariées à enfants, liftings et pensions alimentaires d'un côté, homosexualité masculine de l'autre. Quand je revenais chez moi, le soir, vers Greenwich Avenue, le sabbat gay battait son plein, avant d'être dévasté, quelques années plus tard, par la propagation du sida. Inutile de dire qu'il ne fallait pas penser (sauf deux ou trois fois) dormir ou se reposer chez une New-Yorkaise. Hostilité instinctive, féminisme préenregistré, dictature plombante des mères, psychanalyse bidon, vague balbutiement de philosophie pour rire, pseudo-bouddhisme, ignorance arrogante, frigidité compulsive, bref morale et encore morale, routine d'enfer. Il ne doit rien se passer de gratuit ou d'essentiel entre un homme et une femme, sinon c'est l'obscénité. Morality and money.

Minna a, comme moi, un très bon souvenir de la grande vitalité de New York, et un très mauvais de ses habitants blancs. Les hommes l'ont ennuyée, les femmes révulsée, les universitaires déprimée, les artistes dégoûtée, étroitesse d'esprit, boutique, laideur et lourdeur. Elle était très séduisante à 24 ans, elle l'est davantage à 33. Elle fait ses cours, elle s'occupe beaucoup, mais avec légèreté, de sa fille, installée à Milan. Elle vient seule, tous les quinze jours, à Venise, où elle a gardé l'ancien et bel appartement de ses parents, derrière la Salute, à droite, dans un recoin isolé sur l'eau échappant au cancer de la Dogana transformée en musée des horreurs de l'art contemporain. Terrasse abritée, petit jardin, un acacia, un grand magnolia. C'est là que je la retrouve de temps en temps, on est bien cachés, le sommeil nous protège. Deux ou trois jours par mois, c'est amplement suffisant pour elle comme pour moi. Trois jours, alors, égalent un mois. Trois semaines en mai ou juin : six mois. Trois semaines en automne : encore six mois, et l'année se boucle en silence. Venise, dans un certain écart, est un point d'infini si on en a les clés. Minna les a depuis son enfance, et moi je les ai volées quand il le fallait, il y a longtemps.

On ne sort pas, on ne voit personne, l'eau, les livres, les oiseaux, les arbres, les bateaux, les cloches, le silence, la musique, on est d'accord sur tout ça. Jamais assez de temps encore, encore. Tard dans la nuit, une grande marche vers la gare maritime, et retour, quand tout dort. Je me lève tôt, soleil sur la gauche, et voilà du temps, encore, et encore du temps. On se tait beaucoup, preuve qu'on s'entend. L'amour, c'est comme retrouver un parent perdu, son regard traverse la mort, et, avec lui, surgissent des foules de détails précis, formes, sons, couleurs, odeurs. Une femme vraiment aimée est brusquement la même qu'une autre, très différente, et qu'on n'oubliera jamais. Mais cette matinée aussi est la même qu'il y a vingt ou trente ans, ce rayon de soleil est le même, ce passage de bateaux le même, ces mouettes les mêmes. L'autre, contrairement à la vieille rengaine romantique, est le même *quand même*. Toute séparation se dissout dans le soir puissant. Les amoureux sont seuls au monde parce que le monde est fait pour eux et par eux. L'amour est cellulaire dans les tourbillons du hasard, et ces deux-là avaient une chance sur quelques milliards de se rencontrer à la même époque. Entre le français et l'italien, il y a une longue et bizarre histoire. Elle ne demande qu'à s'approfondir.

Stendhal découvre l'amour à Milan en mars 1818, le vrai amour-passion, son cœur, sa complexité, ses ivresses, son désastre. Je le ranime avec Minna, je le suis, je recommence sa campagne d'Italie. La couleur sera parme, c'est-à-dire d'un mauve soutenu. Nous ne sommes pas à Milan, mais à Venise, ville invisible au 19e siècle, et encore plus, pour d'autres raisons, aujourd'hui. Presque deux siècles, c'est la bonne distance. Stendhal : « L'amour est la seule passion qui se paye d'une monnaie qu'elle fabrique elle-même. » Et aussi : « La plus belle moitié de la vie est cachée à l'homme qui n'a pas aimé avec passion. » Et aussi : « C'est un malheur d'avoir connu la beauté italienne. Hors de l'Italie, on devient insensible. »

La bonne distance, Stendhal l'évoque dans son *Journal*, il s'agit de « se tirer de son siècle, et de se faire citoyen de celui qui a été le plus favorable aux productions du génie » (c'est-à-dire le 17e). « Me sortir entièrement de mon siècle et me supposer sous les yeux des grands hommes du siècle de Louis XIV. Travailler toujours pour le 20e siècle. » Et, une nouvelle fois, en 1804 : « Je pourrais faire un ouvrage qui ne plairait qu'à moi, qui serait reconnu beau en 2000. »

Nous y sommes. Prenons les paris pour 3000.

Matilde Dembowski, le grand amour inabouti de Stendhal, l'héroïne de *De l'amour*, s'appelait Matilde Viscontini (il la nomme Métilde). Minna, par son père, est une descendante lointaine de cette famille. Elle n'en tire aucune vanité, juste un léger sourire. Dans l'annuaire officiel du téléphone, en Italie, on compte un Viscontini à Milan, un à Gênes, sept à Rome, mais aucun ou aucune à Venise (le numéro de Minna est masqué). Il y a peut-être d'autres numéros dans l'ombre. Ce qui attire l'attention, c'est que, sur les sept Viscontini de Rome, quatre sont des femmes : Anna, Liliana, Orietta, Rossana. Je les appelle pour voir ? Mais non, à quoi bon ? Matilde-Métilde, dont il est facile de comprendre pourquoi elle s'est refusée à Stendhal, n'en est pas moins, selon lui, l'auteur de *De l'amour*, comme le montre sa note de 1825 : « Death of the author ». Elle vient de mourir, elle ne vit que dans la vie de son amoureux français éconduit, et Minna n'a pas envie d'en savoir plus long sur ce fantôme. Son père lui-même ne lui a pas dit grand-chose, la trace des deux fils de Métilde se perdant très vite dans les sables insignifiants de la généalogie.

Matilde a 28 ans et deux fils, elle est séparée de son grossier militaire de mari quand Stendhal fait sa connaissance. Une rumeur lui prête une liaison en Suisse avec Foscolo, écrivain célèbre qui a eu une grande influence sur les patriotes italiens. Elle est donc libérale, elle complote, et cela ne peut que plaire à Stendhal. Il la voit, c'est pour lui un coup de foudre, mais il déchante assez vite, et c'est un vent de folie.

Il s'obstine pendant deux ans, se monte la tête, se torture allègrement, s'aveugle, s'enivre du refus qui lui est signifié, se trouve émouvant et surtout ridicule. Il n'en persiste pas moins dans son approfondissement de l'« amour-passion », lui donne sa définition (la « cristallisation »), s'observe, s'analyse, avale des couleuvres, et finit par battre en retraite, d'autant plus que la police autrichienne le définit comme un « homme extrêmement dangereux ». Il est tombé sur un roc italien, une figure à la Vinci, « quelque chose de pur, de religieux, d'antivulgaire, respire dans ces traits ».

C'est entendu, elle est belle, mais traumatisée par son mariage, à 17 ans, avec son officier polonais qui en avait 37. Elle a surtout deux fils (Stendhal voudrait être le troisième), elle est surveillée, elle ne peut pas se permettre un amant dont le physique n'est d'ailleurs pas le point fort. Quant à lui, il a 35 ans, il a déjà eu plusieurs liaisons plus ou moins malheureuses, il a fait la guerre avec Napoléon et vécu l'atroce retraite de Russie, il connaît déjà très bien l'Italie, ses villes, ses monuments, sa peinture, mais c'est là, à Milan, qu'il craque vraiment. Devant Matilde, il devient gauche, timide, maladroit, son esprit supérieur se vaporise. C'est toute l'Italie qui s'incarne devant lui dans une femme qu'il décide de trouver unique. Il la met en musique de gestes, en expressions contrastées, ah l'Italie musicale, ah *Le Mariage secret* de Cimarosa, son opéra préféré. Du coup, le voilà paralysé, sa hantise d'être laid le reprend. Plus lucide ou plus froid, il aurait tout de suite compris qu'il visait l'impossible. Mais c'est justement l'impossible qui le retient.

Et puis, à Milan, il est quand même *français*, quoique déjà un peu connu par ses livres. Matilde, surveillée par la police, doit le considérer comme un danger, d'autant plus que sa cousine réactionnaire lui a raconté que, sortant de son salon, ce curieux amoureux se précipite au bordel. Calomnie ? Pas sûr. De toute façon, la question n'est pas là, l'amour-passion n'a rien à voir avec les liaisons faciles, le libertinage ou autres plaisirs rapides. C'est une maladie sublime, une révélation scientifique, et Stendhal, comme tous les bons expérimentateurs, sait qu'il s'est inoculé *pour savoir* un poison spécial, une drogue dure. Qu'est-ce qu'il veut ? Tout et rien. Il s'arrange pour que ça ne marche pas, multiplie les faux pas, se lance dans une expédition perdue d'avance pour retrouver son amour intouchable à Volterra (il se déguise et met des « lunettes vertes »), bref, provoque la colère de la dame toujours entourée de ses enfants, qui lui reproche vertement son manque de « délicatesse ». Flèche mortelle : Stendhal en manque de délicatesse ! Pourtant, il reste persuadé que son amour est plus fort que tout et doit trouver sa récompense, ne serait-ce que par charité. Bref, il mendie, et se retrouve puni par Matilde, laquelle, pour calmer le jeu (et éviter les rumeurs), lui accorde le droit de la visiter deux fois par mois. Il y a du monde, elle ne lui laisse aucune espérance, pas un mot crypté, pas un frôlement, pas un regard. Ce tableau idéal de Vinci est du marbre, et ce marbre embrase notre romancier futur.

Tout cela, mis à plat, peut paraître aujourd'hui complètement exotique, et même bouffon, mais il s'agit d'une expérience. Henri Beyle n'est pas encore, loin de là, l'auteur du *Rouge et le Noir* et de *La Chartreuse de Parme.* Il découvre simultanément deux continents : l'Italie et son propre corps, ce dernier étant beaucoup plus varié, sensible, harmonique, qu'il ne l'a cru jusque-là. Il y a l'Histoire et les Arts, bien sûr, si mal connus en France, mais en même temps une vie nouvelle, un frémissement brûlant. Matilde est l'occasion de ce feu, et Stendhal, pour la première fois à ce point, se fait femme à sa place, c'est-à-dire spécialiste de l'incompatibilité des sexes et observateur mortifié de sa propre récusation. Il orchestrera ça plus tard dans les vertiges de Mme de Rênal, l'hystérie de Mathilde de La Mole, l'agitation géniale de la Sanseverina, les émois de Clélia. Si une femme, comme l'a dit Hegel, est « l'éternelle ironie de la communauté », c'est là que se passe la négation de toutes les communautés. Là est la clé, là le point de fuite, soigneusement dissimulés par toutes les conventions sociales. La mère de Stendhal est morte quand il avait 7 ans, elle a fait exploser ainsi sa famille. Bien sûr, il a lu Rousseau, et Mme de Warens aurait peut-être pu faire basculer son destin. Pour l'instant, l'épreuve de l'« amour-passion » succède à l'« amour-goût » du 18e siècle français, lequel vient d'être écrabouillé par l'Histoire. La France, à travers la Révolution et l'Empire, est devenue le pays de l'ennui, de la pruderie et du conformisme. La France s'est ratatinée en province, alors que l'Italie tient le coup. En 1818, après la chute de Napoléon, Stendhal est sans perspective d'existence. Son « amour » pour Matilde est un appel au secours. Échec. « Pourquoi ne m'aime-t-elle pas puisque je l'aime ? » Impasse classique, qu'il est bon d'avoir vécue deux ou trois fois jusqu'au bout.

Échec, mais grande réussite sur un autre plan, et ce sera *De l'amour.* Notre débutant en passion est un personnage de roman. Il a pris l'habitude des masques, des identités rapprochées multiples, des passages cryptés, des pseudonymes à n'en plus finir (le principal étant « Dominique »). Matilde n'est pas seulement Métilde, mais aussi Léonore, et lui-même Lisio Visconti, Delfante, Salviati. Il change selon les lieux, les situations, il est constamment plusieurs, il se parle, se juge, se compose. « Tout est signe en amour. » Son livre a été écrit *au crayon* en cent lieux divers, il faut qu'il soit lu de même. « L'amour d'un homme qui aime bien *jouit* et *frémit* de tout ce qu'il s'imagine, et il n'y a rien dans la nature qui ne lui parle de ce qu'il aime. Or jouir et frémir fait une occupation fort intéressante, et auprès de laquelle toutes les autres pâlissent. »

L'amour-passion anime la nature et son guetteur : elle jouit, elle frémit, les arbres, les rochers, la ligne des montagnes se révèlent comme jamais. Tout le reste est fade, pâle, sans relief. Il y a là une bonne vingtaine de livres à écrire. C'est gratuit.

Le 29 décembre 1819 est pour Stendhal un « day of genius ». Il vient d'avoir l'idée de *De l'amour.* L'extrême prétention ne peut se dire modestement qu'en anglais. On ne note pas « jour de génie », ce serait grotesque. De même, on ne dira pas « les heureux peu nombreux », mais les « happy few » auxquels Stendhal n'arrête pas de dédier ses livres. « We few, we happy few, we band of brothers… » (Shakespeare, *Henri V*, acte IV, scène 3). « Nous les peu nombreux, nous les heureux peu nombreux, nous bande de frères… » L'esprit égalitaire, démocratique et américain dût-il hurler, c'est dit. Bande de frères à travers les âges… Ou encore, cette rareté, le « lecteur bénévole », salué dans *Lucien Leuwen* : « Songez à ne pas passer votre vie à haïr et à avoir peur. »

Stendhal a bien connu l'Angleterre. Au point qu'à la fin de sa vie, dans *Les Privilèges,* petit livre éblouissant, il pourra même se permettre de faire agir en sa faveur, non pas « Dieu » mais *God.* C'est d'ailleurs le 3 août 1806 (à 23 ans) qu'il a été reçu franc-maçon à Paris, dans la loge Sainte-Caroline. Il ne faut pas compter sur lui pour accepter une identité imposée de l'extérieur. Il suit son chemin, qu'il est seul à connaître.

Minna n'aime pas beaucoup parler de *De l'amour* qu'elle trouve vieilli. Elle a du mal à comprendre comment sa lointaine ancêtre, morte à 35 ans (l'âge qu'elle vient d'avoir), a pu se refuser à Stendhal qui, à l'époque, n'était pas Stendhal, et encore moins le Stendhal d'aujourd'hui, rangé parmi les classiques dans la bibliothèque que personne, ou presque, ne lit. Mais ne disons pas de mal des universitaires : la petite douzaine, de toutes nationalités, surtout des femmes, qui s'intéressent à Stendhal sont des presque happy few. Les happy few « bénévoles » existent-ils encore ? Sans doute, mais ce ne sont pas les médias qui vous le diront. Prophétie de Stendhal sur les journalistes : les lecteurs ou les lectrices stipendiés passent leur temps à haïr et à avoir peur.

Mais supposons : Matilde cède, Stendhal devient son amant officiel, la politique et la police s'en mêlent, le sieur Beyle est prié de quitter Milan, ils vont vivre à Paris avec les deux fils de Matilde, lui est plus ou moins ruiné après la mort de son père et sa rétrogradation dans l'administration, il n'a pas d'emploi, l'amour-passion s'use vite, elle dépérit, elle s'éteint, elle se reproche tout, il se brûle la cervelle. L'impossible d'imagination donc, était seul réel.

Matilde, les Viscontini, les Dembowski ont disparu, comme tout le monde. Seul le trésor d'amour de Stendhal reste là, impassible, et j'ai sous les yeux, ici, à Venise, l'édition de poche française de *De l'amour*, avec, en couverture, un détail d'un tableau de Titien, *Portrait d'une femme à sa toilette*, chef-d'œuvre de beauté féminine. « Le bonheur de l'Italie est d'être laissé à l'inspiration du moment. » Je respire dans ce moment.

Autre supposition : Matilde cède, mais pour lui, comme il le redoutait, c'est le *fiasco*. Il est confus, elle est attendrie, ils restent bons amis, et, un peu plus tard, il la demande en mariage. Elle refuse, et oublie un troisième enfant sans doute espéré. Au bout d'un an, elle en a assez et reprend peu à peu son rôle exclusif de mère.

La liaison de Stendhal avec la comtesse Clémentine Curial dure, elle, de 1824 à 1826. Pourquoi finit-elle par donner des signes de lassitude ? En tout cas c'est juste après leur rupture que Stendhal écrit *Armance*, histoire tragique d'impuissance sexuelle. Il l'a reconnu lui-même : il était bon à la gâchette et embarrassé au sabre.

Dans l'ordre des liaisons connues de Stendhal, nous avons :

— Mélanie, dite Louason, actrice, pour laquelle il va quelque temps vivre à Marseille ;

— Mina de Griesheim, alors qu'il exerce les fonctions d'intendant à Brunswick ;

— la comtesse Daru, sa protectrice, femme de son protecteur ;

— Angeline Béreyter, cantatrice ;

— Angela Pietragrua, de 1811 à 1815, première séance à Milan, puis refroidissement de sa part à elle avec la chute de l'Empire, c'est-à-dire la baisse du niveau de vie de Stendhal ;

— la grande affaire Matilde, amour impossible ;

— Clémentine Curial (« Menti »), très infidèle, mais qui lui restera tendrement attachée ;

— Alberthe de Rubempré, passion violente de trois mois ;

— Giulia Rinieri, une des seules qui lui ait fait une déclaration d'amour. Il demande sa main à son tuteur qui la lui refuse, et, trois ans après, elle épouse un de ses cousins ;

— la mystérieuse « Earline », à la fin.

Dans l'ensemble, ça n'a pas été ça, sauf ce qui aurait pu être et n'a pas été *ça*.

Il faut évidemment ajouter tout ce qu'on ne sait pas.

Un soir, à Paris, au milieu de femmes « aimables », Stendhal repense à Matilde « solitaire et triste dans son petit appartement ». Il note : « J'épiais sur la pendule superbe du brillant salon où j'étais exilé l'heure où elle sort à pied, et par la pluie, pour aller voir son amie... » Fantôme... Mais pourquoi « petit appartement » ? Plus d'argent ? On sait qu'à cause de la situation révolutionnaire du Piémont, elle a été longuement interrogée par la police autrichienne, mais n'a rien avoué et n'a compromis personne. Les patriotes italiens de ce temps s'en sont souvenus avec émotion. « Adorable sensibilité, disent-ils, énergie qui rend capable des actions les plus sublimes. » Une comtesse milanaise va même jusqu'à écrire : « Elle est morte, à 35 ans, dans mes bras, alors que, belle encore, tout devait la conserver à deux fils qu'elle idolâtrait... Mais elle aimait aussi la gloire de son pays et les hommes qui peuvent l'illustrer, et son âme énergique eut trop à souffrir de son asservissement et de sa perte. Et pourtant, que de bonté et d'angélique douceur dans ce cœur si noble !... »

On voit par cet hommage militant que Matilde était une sainte laïque, de quoi bouleverser l'athée et libéral Stendhal.

Ont-ils comploté ensemble ? C'est probable, mais elle a dû vite penser qu'il était imprudent, indiscret, trop voyant. L'amour-passion, à toutes les époques, est politique dans un sens ou dans l'autre. Aurais-je aimé Minna sans ses convictions anarchistes, loin de l'aplatissement actuel ? Pas trace d'esprit religieux ou bourgeois, pas trace de mensonge communiste ou « de gauche », pas trace non plus d'utopie « terroriste ». Le complet asservissement américain de l'Italie ne l'écœure même plus : elle l'oublie.

Retenons ces mots simples : sensibilité, énergie, noblesse, bonté, douceur… Ils viennent de loin. Le corps de Matilde, au début du 19e siècle, ne pouvait pas basculer hors des convenances ? Voilà un souci qui n'a pas entravé Minna.

Il savait très bien ce qu'il désirait, Stendhal : une liaison intense à couleur incestueuse, sa mère ressuscitée et ne s'occupant que de lui. Là, il a 35 ans, mais toujours 7 ans, l'âge qu'il avait lorsque sa mère est morte : « L'amour est une fleur délicieuse, mais il faut avoir le courage d'aller la cueillir sur les bords d'un précipice affreux. »

J'imagine Stendhal, au début du 21e siècle, ouvrant un journal, et découvrant ainsi, stupéfait, que la plus grande banque de sperme d'Europe, Cryos, se trouve au Danemark et doit répondre à des demandes de plus en plus importantes. Son directeur de 55 ans qui avoue avoir choisi ce métier parce qu'il a rêvé, une nuit, d'un océan de sperme congelé, « a toujours été attiré par les choses non conventionnelles ». La petite ville danoise où il opère compte quarante mille étudiants, tous donneurs de sperme potentiels.

Voici ce que dit ce banquier spécial :

« Il y a deux ou trois ans 80 % de nos clients étaient des couples hétérosexuels, 10 % des homosexuelles et 10 % des célibataires. Aujourd'hui, les "singles", qui ont souvent plus de 30 ans, représentent de 30 % à 40 % de la clientèle. »

La « qualité » du sperme fourni par Cryos fait sa fortune. Le modèle est bien entendu américain, avec quatorze mille grossesses depuis huit ans, et un taux de réussite de plus de 30 %. La cliente, avant de recevoir sa commande, a le choix entre trois cent neuf géniteurs. Les informations sur les donneurs portent sur leur ethnie, leur religion, leur taille, leur poids, la couleur de leurs yeux, leur niveau d'éducation, leur métier, leur groupe sanguin, leurs goûts, leurs lectures. Un envoi rapide à domicile de « non infected human semen » coûte, selon la qualité, jusqu'à 2 000 euros, ce qui n'est pas cher pour un tel miracle. Un des privilèges, pour les clientes, est d'avoir accès à une photo du donneur lorsqu'il était enfant. Regardez ce joli poupon à l'âge de 1 ans, Nick : il est maintenant diplômé de l'université de Yale. Ses qualités sont énumérées : « Il est toujours de bonne humeur et prêt à discuter, il s'exprime bien et aime voyager. »

Les clientes, évidemment, demandent de plus en plus d'informations sur les donneurs. Certains désirs sont difficiles à satisfaire, par exemple un donneur sans poils sur la poitrine, ou bien des précisions choquantes sur les dimensions de son pénis au repos ou en érection.

Ce chef d'entreprise danois, dont la boutique est en plein essor, est très remonté contre l'Italie « où n'existe aucune façon légale de se procurer du sperme ». Encore un mauvais point pour le Vatican. Heureusement la nouvelle succursale de Cryos va ouvrir bientôt en Inde, à Bombay.

Les donneurs, qui ont entre 22 et 25 ans, touchent 40 euros par giclée, et 40 euros supplémentaires après six mois, le temps de vérifier la qualité de leur don. Avec 270 euros par mois, un étudiant est content, et l'un d'eux déclare : « Le job est très flexible, je peux venir quand je veux. » Un autre : « J'aime bien aider et que la science progresse. » Mais le volontaire le plus instructif est un homme de 42 ans, père de trois enfants avec sa femme, qui a ouvert un compte épargne pour ses enfants sur ses gains de donneur. Il ne réclame pas l'anonymat, au contraire, et a prévu de se limiter à vingt-cinq enfants issus de sa semence. Il n'a pas l'air de redouter qu'un jour sa nombreuse progéniture vienne camper devant son petit pavillon de banlieue. D'ailleurs, sa femme, en bonne protestante humaniste, est d'accord. C'est encourageant.

Je me demande quelle peut être la réaction de Stendhal après cette lecture, mais je vois qu'il dort.

Minna s'étonne parfois de mon optimisme fanatique dans la dévastation générale. Elle me voit écrire à la main, au stylo à pompe, sur un cahier Clairefontaine, « douceur de l'écriture, papier *velouté*, made in France, 90 g/m^2, 21 × 29,7 cm, 180 pages, 90 *sheets* », elle m'entend ensuite taper sur ma vieille et toujours plus jeune machine à écrire Hermes Media 3 (« on trouve encore de l'encre et des rubans machine ? »), mon obstination de dinosaure l'amuse. J'écrirais sur des bouts de papier au crayon qu'elle n'en serait pas autrement surprise, puisque la chose est d'abord physiologicomentale et auditive, pour ne pas dire magique dans les souterrains du temps. Je la vois, moi, penchée sur son ordinateur qu'il faut parfois débrancher à cause des orages. Pour des raisons qui m'échappent on en est, cet été, à la troisième visite d'un réparateur. Virus informatique ? Non, blocage.

Elle a quand même tendance à penser qu'avec les ordinateurs, Internet, les e-mails, et toute la gomme, l'humanité est entrée dans une mutation radicale, plus tranchante encore que la naissance du christianisme ou la découverte de l'Amérique, mais *sans avenir*. Je suis un survivant d'un passé perdu et sans lendemain, et, comme il est clair que plus personne ne lira Stendhal dans un siècle, ma maladie plutôt joyeuse lui est sympathique. Intriguée, un peu jalouse (les universitaires sont toujours jaloux). N'oublions pas que son père, probablement désespéré sur la fin, était bibliothécaire. Tous ces volumes rangés sans futur... Rien à dire : la bibliothèque de l'appartement est magnifique et précise. Les jours de pluie, comme une petite basilique, elle monte en ferveur.

Cela dit, Minna sent comme personne la force cachée de son pays et de sa ville. Comment, tu étais là à 5 ans, à 6 ans, sur les quais pendant que j'écrivais, store baissé, dans ma chambre ? Tu es passée ensuite près de moi, sans me voir ? Ou, plus tôt, dans ton landau, quand ta mère t'emmenait avec elle au conservatoire ? Sur le pont de bois de l'Accademia ? Place San Stefano ? Ici, là, et encore ici, et puis là ? Tu avais un chat que tu adorais, et qui s'appelait Arrigo (comme Henri, prénom de Beyle-Stendhal en italien) ? Vous alliez, ton père, ta mère et toi, à La Fenice, pour des concerts ou des opéras, et tu m'as sûrement vu sans me voir en train de dîner dehors au restaurant du coin ? *Tu étais là* ? C'était toi, la jolie et gracieuse petite fille brune aux yeux noirs qui jouait à la marelle place San Agnese ? Ta mère était belle, et tu as écouté la musique de très près, très tôt. Ton étrange père, quoique riche (la preuve, l'endroit où l'on est), a voulu, toute sa vie, rester bibliothécaire, encore un roman qui ne sera pas écrit, l'effet Matilde à long terme, sans doute, l'effet Stendhal en tout cas. Tu m'as présenté ta fille, Clélia, l'autre jour : mais oui, c'est toi que j'ai vue passer autrefois, dansant et chantonnant avant de rentrer là-bas, à droite de la Salute. Tu m'as accueilli sans phrases, comme si c'était écrit, et c'était écrit.

Je crois avoir eu une jeunesse aussi débauchée que possible, impossible à imaginer pour les coincés et les coincées de tous bords, lesquels et lesquelles penseront toujours, dans un haussement d'épaules révélateur de leurs organes inférieurs (à l'image des mères de famille provinciales chrétiennes ou socialistes), que je raconte des « fanfaronnades » ou des « rodomontades ». Je ne me vante pas, je n'invente rien, je me félicite de mes aventures et de ma chance, passons. En même temps, comprenne qui peut, l'amour-passion a toujours été là, dans l'ombre, l'amour-passion *réussi*. Je sais de quoi je parle, et l'Italie m'a protégé très tôt, dans toutes ses dimensions. J'avais beau être ailleurs, à Paris, en Espagne, à New York, la lumière, au fond, était italienne. Et, de fait, d'aéroports en aéroports, je me retrouvais à Rome, à Venise. Une main invisible me conduisait et me reconduisait sans cesse là où je suis.

L'Histoire a eu beau déferler, hurler, tuer, massacrer et brouiller les cartes, tout se passe comme si rien ne s'était passé. Le soleil a une puissance de néantisation admirable. Tu es là, on dîne rapidement dans la cuisine frappée de lumière liquide, tu as du travail cette nuit, moi aussi.

Minna a largué peu à peu un amant à Milan, un journaliste littéraire et mauvais romancier, qui, paraît-il, m'en veut à mort. Il voulait divorcer pour l'épouser, mais elle n'a aucune envie de se remarier. Un deuxième enfant ? Non plus. Clélia va tous les mois chez son père, à Turin. Il s'est remarié, il a eu un fils, il regrette plus ou moins Minna, il est sentimental, il a de l'argent, il en donne. Clélia a déjà commencé le piano, elle rêve de sa grand-mère.

Quant à Minna, elle s'ennuie à l'université, ravagée depuis plus de vingt ans. Professeurs tarés et faux étudiants, avec qui pourrait-elle parler de Stendhal ? Elle ne fréquente pas ses collègues, petits-bourgeois accablés, ni ses élèves de plus en plus indifférents et illettrés. Colloques ? L'ennui. Thèses ? Bâclées. Presse littéraire ? Grisâtre. Scala ? Une ou deux fois, quand les mises en scène ne sont pas trop ratées. La Fenice ? Oui, par principe de fidélité, bien que la reconstruction du théâtre « à l'identique », après l'incendie mafieux, soit surchargée et lourde (encore le 19e siècle à travers les âges). La politique ? Carnaval. Radio ? Télévision ? Les informations pour juger du coefficient de désinformation. Journaux, magazines ? Feuilletage rapide. La bibliothèque et la discothèque sont remplies pour cent ans. Et puis à côté, ici, il y a les plus beaux tableaux du monde.

Stendhal a fait un bref séjour à Venise, mais n'a pas vu grand-chose. Il aurait aimé connaître ses habitants de 1760. Pour lui, tout est à Rome et encore à Rome. D'autres grands visiteurs sont venus, un excellent *Dictionnaire amoureux de Venise* les a décrits il n'y a pas longtemps. Une fois les multiples chocs de beauté intégrés (sur lesquels on peut sans fin revenir), il vaut mieux vivre la ville de façon maritime. J'ai acheté un petit bateau pour de longues balades dans les environs. Qui ne prend pas Venise par la mer ne comprend pas la musique.

Minna aime particulièrement cette phrase de Stendhal :

« L'admission des femmes à l'égalité parfaite serait la marque la plus sûre de la civilisation :

elle doublerait les forces intellectuelles du genre humain et ses chances de bonheur. »

Happy few…

Selon les lois non écrites de l'amour-passion, je suis le fils de Minna et son frère, comme elle est ma fille et ma sœur. Les mots « père », « mère », « mari », « femme », « amant », etc., doivent être décrassés, ou alors laissés aux clichés du cinéma et de la mauvaise littérature. « J'écris en langue française, dit Stendhal, mais non pas certes en *littérature française.* Dieu me préserve d'avoir rien de commun avec les littérateurs estimés d'aujourd'hui. » Il a parfaitement conscience de faire *autre chose.*

Autre chose, c'est rejoindre dans ses tréfonds une jouissance féminine ignorée d'elle-même. Là, le système nerveux s'exalte, se retient, se contraste, et engendre un amoncellement de sensations qui produisent l'équivalent d'un spasme. C'est la *cristallisation.* Nous sommes dans les mines de sel, près de Salzbourg (bonjour Mozart). On jette dans l'une d'elles un rameau effeuillé par l'hiver, frigorifié, donc, et on le laisse là deux ou trois mois, puis on le retire, couvert de cristallisations brillantes. « Les plus petites branches, celles qui ne sont pas plus grosses que la patte d'une mésange, sont garnies d'une infinité de diamants, mobiles et éblouissants, on ne peut plus reconnaître le rameau primitif. »

Voilà Matilde (ou une autre) couverte de joyaux par son alchimiste amoureux, forçat des mines de sel passionnel. Cette « mésange » brille de tous ses feux. Une telle métamorphose ressemble à un transport du sang au cerveau, c'est une opération spirituelle « qui tire de tout ce qui se présente la découverte que l'objet aimé a de nouvelles perfections ». L'objet aimé n'en sait rien, et pour cause, elle « *ne renvoie pas la balle* », elle n'est pas un rameau de Salzbourg. Elle pense que Stendhal délire, et elle a raison, mais lui aussi a raison, il en sait plus long qu'elle sur elle, elle n'arrive pas à être vraiment elle. « Rien n'est plus recueilli, plus mystérieux, plus éternellement un dans son objet, que la cristallisation de l'amour. »

Ici, Stendhal est en pleine crise mystique, mais il faut se souvenir encore une fois que sa mère est morte lorsqu'il avait 7 ans, que son prénom était Henriette, comme le sien est Henri (c'est comme ça qu'il signe ses lettres à Matilde-Métilde). Henri veut s'unir à Henriette. Cependant, comme Matilde a déjà deux fils qu'elle « idolâtre », elle n'est pas libre pour une fusion avec cet idolâtre qu'elle n'idolâtre pas. Sa beauté est une promesse de bonheur, mais seulement une promesse. Donc, rien de concret, sauf ce miroitement de diamants que l'on ne doit pas tenir pour factices ou imaginaires. L'expérience de la cristallisation développe dans la nature mille détails inspirés, comme une drogue dure et magique. Henri est aussi un vampire, c'est clair.

Il faut se monter la tête, sans quoi tout est plat. Stendhal connaît bien l'Angleterre (il écrit dans des journaux anglais), et il ne se fait pas d'illusions sur l'avenir des États-Unis ni sur la démocratie : « On est plus libre en Autriche qu'à Philadelphie, et vive les jésuites ! » Ou bien : « Les Américains sont justes, ils sont raisonnables, et ils ne sont pas heureux. » Ou encore : « La religion chrétienne, interprétée par les jésuites est beaucoup moins ennemie de l'homme que le protestantisme anglais », etc. Voilà l'influence pernicieuse de l'Italie sur ce romantique athée. Stendhal, prêtrophobe depuis son enfance et sa sinistre éducation par l'abbé Raillane, se fait peu à peu l'apologiste de Rome. Il suffisait d'y vivre et d'aimer.

Pour dire ça plus calmement, et avec raison, il s'agit de savoir où on en est avec l'amour et la mort. Stendhal a vu les atrocités des champs de bataille napoléoniens, il a fait la retraite de

Russie à pied dans des conditions effroyables, il n'en parle jamais par pudeur. Mais voici :

« Le véritable amour rend la pensée de la mort fréquente, aisée, sans terreurs, un simple objet de comparaison, le prix qu'on donnerait pour bien des choses. »

Le rameau diamanté de Salzbourg est un rameau d'or. L'amour, fort comme la mort, amasse un trésor.

Ce qui n'empêche pas le cynisme :

« Je reviens à Paris en juin 1821. Je suis au désespoir à cause de Métilde ; elle meurt ; je l'aimais mieux morte qu'infidèle ; j'écris ; je me console ; je suis heureux. »

Ou l'humour :

« En 1821, j'avais beaucoup de peine à résister à la tentation de me brûler la cervelle. Je dessinais un pistolet à la marge d'un mauvais roman d'amour que je barbouillais alors. Il me semble que ce fut la curiosité politique qui m'empêcha d'en finir ; peut-être, sans que je m'en doute, fut-ce aussi la peur de me faire mal. »

Vendredi soir : j'entends la porte de l'appartement s'ouvrir, Minna vient d'arriver de Milan, elle m'embrasse rapidement dans le cou, va prendre un bain, reparaît dans son joli kimono bleu et blanc, m'embrasse à nouveau et a l'air contente de me voir.

Stendhal note quelque part que la Société cesse d'exister pour une femme heureuse. Est-ce vrai ? La Société, en tout cas, n'arrête pas de dire le contraire.

Minna est-elle heureuse ? Elle ne croit pas à la Société, elle aime sa fille, elle semble ne pas s'ennuyer avec moi, on a l'argent qu'il faut, on vit le plus souvent, très dissimulés, à Venise. Vous voudriez des détails plus intimes ou plus « sexuels » ? Je vais vous les donner dans un instant. C'est fait.

En 1809, l'armée française occupe Vienne, et Stendhal assiste, dans la cathédrale, à l'enterrement religieux de Haydn. On joue à cette occasion le *Requiem* de Mozart, mort ici dix-huit ans plus tôt. Photo.

Nous voici deux siècles plus tard à Paris.

Après avoir été allègrement massacré par Napoléon un peu partout, mais principalement en Russie, le mouton français se retrouve en bouillie en 1919, puis subclaquant en 1949. Encore quelques sursauts, et il s'enfonce dans la banalisation globale, n'émet plus que de vagues slogans américains, et a complètement oublié qu'il vient de ce qu'on aura appelé autrefois la « grande nation » désormais dissoute (des atomes de son existence doivent subsister ici ou là, un biochimiste les retrouvera peut-être).

Y a-t-il quelque chose à regretter ou à déplorer ? Mais non, rien, *au contraire.* C'est à partir de là que l'histoire s'éclaire et que l'aventure prend sa vraie dimension.

J'écris les lettres STENDHAL, et, aussitôt, elles se mettent à vibrer, à crépiter sur la carte. BEYLE est moins lumineux, mais BRULARD et DOMINIQUE (son pseudonyme préféré) rougissent sous la cendre. Nous sommes tout de suite à Milan, Rome, Venise, Vienne, Londres et, de nouveau, à Paris.

À Paris, où la « rentrée littéraire » bat son plein, avec 666 romans nouveaux, dont à peine un ou deux laisseront une trace. La tendance générale de cette déferlante est, paraît-il, un mouvement « vers les autres » et un « réalisme sociétal ». Exemples : les problèmes que posent les flux humains entre la France et l'Afrique, le retour du roman moraliste « au ras de l'humain » (*sic*), ou ce roman qui fait entendre « une voix en souffrance, amalgamant rumination d'une idylle avortée et névroses personnelles » (re-*sic*). Vous avez aussi « ce roman puissant et beau sur la responsabilité intellectuelle et collective choisissant de se colleter au monde » (re-re-*sic*).

La grande vedette de la rentrée se vante de ses origines modestes, de son enfance malheureuse en banlieue, de son manque d'études supérieures, et déclare pour finir : « Il semble que les écrivains français viennent tous d'une bourgeoisie éclairée, qui est un milieu assez restreint. »

On se demande où cette nouvelle star a constaté la persistance d'une « bourgeoisie éclairée ». Mais elle a raison : Stendhal n'intéresse plus qu'un milieu *restreint.* De son temps, ses livres étaient accusés par la bourgeoisie peu éclairée, comme par le socialisme naissant, d'être pleins de « fanfaronnades ». On s'y est habitué en apparence, puis on l'a oublié. De nos jours, n'importe quel écrivain américain moyen, si on l'interroge sur la littérature française, hésitera un instant, puis répondra « Flaubert ». « Stendhal », jamais.

Si Stendhal s'était brûlé la cervelle en 1821, on ne saurait pas grand-chose de lui. C'est en tout cas cette année-là qu'il a composé son épitaphe en italien, se déclarant ainsi milanais d'outre-tombe :

« Qui giace
Arrigo Beyle Milanese
Visse, scrisse, amò. »

Il a vécu, il a écrit, il a aimé.

Une variante apparaît dans les *Souvenirs d'égotisme* :

« Je n'ai aimé avec passion en ma vie que
Cimarosa
Mozart
et Shakespeare.

À Milan, en 1820, j'avais envie de mettre cela sur ma tombe. Je pensais chaque jour à cette inscription, croyant bien que je n'aurais de tranquillité que dans la tombe. Je voulais une tablette de marbre de la forme d'une carte à jouer :

ERRICO BEYLE
MILANESE
Visse, scrisse, amò
Quest'anima
adorava
Cimarosa, Mozart e Shakespeare
Mori di anni...
Il.... 18.. »

1820 ou 1821 ? Les deux. Arrigo ou Errico ? Les deux (Errico est du dialecte milanais). En tout cas le nom est Beyle et pas Stendhal, bien qu'il soit devenu, entre- temps, l'auteur du *Rouge et le Noir.* Modeste, il se présente comme l'âme d'un simple adorateur de Cimarosa, Mozart et Shakespeare. On remarque qu'il n'écrit pas sa date de naissance (1783), et que les années où il est censé mourir sont signalées par trois points. « Visse, scrisse, amò » est une formule évidemment construite sur le modèle de César : « Veni, vidi, vici », « Je suis venu, j'ai vu, j'ai vaincu. » Souvenir, aussi, de Napoléon, ou plutôt du « général Bonaparte », comme le prouve le début de *La Chartreuse de Parme* :

« Le 15 mai 1796, le général Bonaparte fit son entrée dans Milan à la tête de cette jeune armée qui venait de passer le pont de Lodi, et d'apprendre au monde qu'après tant de siècles César et Alexandre avaient un successeur. »

Stendhal entre victorieux à Milan au printemps 1796. À cette date, il a 13 ans, l'âge de l'héroïsme imaginaire :

« Ces soldats français riaient et chantaient toute la journée ; ils avaient moins de 25 ans, et leur général en chef, qui en avait 27, passait pour l'homme le plus âgé de son armée. »

L'Italie, endormie, se réveille. Tout n'est que « gaieté, jeunesse, insouciance ». Vingt-cinq ans plus tard, l'ancien militaire Stendhal joue sa tombe comme une carte à jouer. Il abat son dernier atout, après son amour italien impossible. Il a aimé, il a écrit, il a vécu. Mais il va vivre, encore aimer (moins), et beaucoup écrire.

Le corps diplomatique français prendra très mal qu'un de ses fonctionnaires ait rédigé son épitaphe en italien, trahissant ainsi son pays et sa langue.

Une confidence de Stendhal, lorsqu'il parle du comte Mosca, personnage clé de *La Chartreuse* :

« Ce ministre, malgré son air léger et ses façons brillantes, n'avait pas une âme *à la française* ; il ne savait pas *oublier* les chagrins. »

Il vaut mieux oublier les chagrins avant de mourir, surtout lorsqu'on a eu l'occasion, lors d'une première attaque d'apoplexie, en mars 1841, de s'être « colleté avec le néant ». Étonnante formule, qu'on ne trouve nulle part ailleurs. Un an après, c'est la dernière attaque en pleine rue, à 7 heures du soir, tout près de la place Vendôme. On le transporte de la rue Neuve-des-Capucines à son hôtel, où il meurt à 2 heures du matin sans avoir repris connaissance. C'est la fin qu'il avait souhaitée dans *Les Privilèges*, son texte secret.

Une tablette de marbre de la forme d'une carte à jouer pour épitaphe, c'est quand même plus qu'étrange. Il ne dit pas « dimension », mais « forme ». S'il s'agissait de dimension, il faudrait se pencher pour lire ces lettres minuscules, écouter le message en italien, le traduire si on est français, se demander ce que veut dire exactement ce curieux « milanais ». À qui s'adresse ce suicidé pour rire ? À une belle Italienne un jour ? Elle est musicienne, elle passe devant la tombe, elle voit l'inscription, elle est émue, il surgit, beau et léger vampire, il la séduit, il l'embrasse, il l'enlève. Elle s'appelle toujours Matilde ou Métilde, elle n'a plus rien à lui refuser puisqu'il a oublié ses chagrins. Elle est d'ailleurs très curieuse de savoir ce que peut éprouver quelqu'un qui passe son temps à vivre, à écrire, à aimer. À aimer, surtout. Quant à Cimarosa, Mozart, Shakespeare, ces guest stars, ça ne fait pas mal comme réclame. Remarquez qu'il s'agit ici d'un Italien, d'un Autrichien et d'un Anglais. Étrange Français, qui parle depuis ses cendres. Il doit avoir des connaissances sur la mort.

« Tout condamné à mort aura la tête tranchée. » Ainsi parlait le code civil et sa vertu sèche, leçon de style pour le jeune Beyle, avec les mathématiques, la logique et la musique. La décapitation de Louis XVI, autrement dit de son père, l'enthousiasme lorsqu'il a 10 ans. Ce roi était un « traître », responsable, avec Dieu et les prêtres, de la mort de sa mère. Au contraire, les mathématiques sont justes et sévères :

« J'aimais et j'aime encore les mathématiques pour elles-mêmes, comme n'admettant pas l'*hypocrisie* et le *vague*, mes deux bêtes d'aversion. »

La guillotine, Stendhal l'a eue sous les yeux, enfant, quand il voit exécuter « un gueux de prêtre » coupable d'empoisonnement :

« J'étais si près qu'après l'exécution je voyais les gouttes de sang se former le long du couteau avant de tomber, et pendant je ne sais combien de jours je ne pus manger de *bouilli* (bœuf). »

La pendaison anglaise, la chaise électrique ou l'injection létale américaine (d'ailleurs souvent ratée et à recommencer) n'ont pas le même charme tranchant. Les Chinois, comme on sait, procèdent à une balle dans la nuque, remboursable par la famille. C'est quand même aux États-

Unis que l'exécution est la plus vague et la plus *hypocrite.* Il faut que le condamné souffre et se voie mourir sous les yeux des familles des victimes, lesquelles ne mettent même pas la main à la pâte comme dans l'ancienne lapidation.

Julien, dans *Le Rouge et le Noir,* monte tout naturellement à l'échafaud, comme l'ont fait bien des condamnés sous la Terreur (notamment Barnave, admiré par Stendhal). La tête de Julien, comme celle d'un saint, est enfouie par Mathilde de La Mole dans une grotte sauvage « ornée de marbres sculptés à grands frais en Italie ». L'exergue du *Rouge* est prêtée par Stendhal à Danton (« la vérité, l'âpre vérité »), lequel s'est illustré en disant au bourreau, place de la Concorde : « Tu montreras ma tête au peuple, elle en vaut la peine. » La manie française de couper les têtes (ou de rabaisser ce qui dépasse) a duré très longtemps, de façon de plus en plus misérable, jusqu'à l'abolition de la peine de mort. Mais pour Stendhal (et pour Mathilde), la décapitation est une sorte de sacre aristocratique. Tant qu'à perdre la tête, autant que ce soit comme un héros d'Italie.

Stendhal ne s'est pas suicidé, de peur de se faire mal, dit-il avec humour, mais aussi à cause de sa « curiosité politique ». C'est un aristocrate républicain. Démocrate ? Sûrement pas. Les

« happy few » étant des « âmes sensibles », donc très rares, ils courent le risque que chaque parti les prenne pour des partisans forcenés du parti contraire, ce qui ne manque pas d'arriver.

En 1836, préface à *Lucien Leuwen* :

« L'auteur ne voudrait pour rien au monde vivre sous une démocratie semblable à celle d'Amérique, pour la raison qu'il aime mieux faire sa cour à M. le ministre de l'Intérieur qu'à l'épicier du coin de la rue. »

Encore plus explicite :

« Au 19e siècle, la démocratie amène nécessairement dans la littérature le règne des gens médiocres, raisonnables, bornés et *plats*, littérairement parlant. »

Il faut ajouter, aujourd'hui, qu'ils sont également déraisonnables, agités, boursouflés, prétentieux et très ignorants.

Je rappelle à Minna la formule cryptée qui revient sans cesse dans les lettres de Stendhal à la fin de sa vie : « SFCDT » (Se Foutre Carrément De Tout).

Il a tout vu, tout déchiffré, tout compris, et les questions politiques et financières n'ont pas pour lui de mystère. La spéculation, l'agiotage, la banque en sous-main, la valse des ministères, les fausses oppositions, les ruines calculées pour mieux rebondir, les coups d'État permanents, les « sommets », les délits d'initiés, il connaît, il est très informé, il se tait. Mérimée écrit faussement : « Personne n'a jamais su exactement quels gens il voyait, quels livres il avait écrits, quels voyages il avait faits. » Mais si, on sait, à moins de ne pas vouloir savoir. Cela dit, bien des choses restent dans l'ombre, à cause de son appartenance maçonnique qui lui a valu des soutiens mais aussi beaucoup d'ennuis surveillés et de courriers interceptés. La vie de Stendhal est cent fois plus romanesque que ce que disent les apparences. Il ne note pas tout, loin s'en faut, surtout lorsqu'il est à Paris, puisqu'en plus de l'abrutissement de son consulat à Civitavecchia, il finit par s'ennuyer à Rome.

Aristocrate républicain ? Eh oui, ça existe : « J'avais et j'ai encore les goûts les plus aristocratiques, je ferais tout pour le bonheur du peuple, mais j'aimerais mieux, je crois, passer quinze jours de chaque mois en prison que de vivre avec les habitants des boutiques. »

Les héros de Stendhal ont un rapport bizarre avec la prison : Julien s'y prépare à la mort en se séparant de l'hystérie collective, Fabrice se retrouve dans un observatoire enchanté d'où il peut communiquer par signes avec Clélia dans sa volière et avec la Sanseverina qui prépare au loin son évasion. La prison, c'est la solitude et la liberté lucide, la dure désillusion mais aussi le rêve de l'illusion préservée, comme dans les livres. C'est la mort qui attend, qui rôde, mais en même temps un coffre d'amour.

Quand Stendhal emploie le mot « peuple », ce n'est pas en bourgeois nanti et peureux, mais par réticence physique :

« J'aime le peuple, je déteste ses oppresseurs, mais ce serait pour moi un supplice de tous les instants que de vivre avec le peuple. »

Plutôt la prison, donc.

Très jeune, à Grenoble, il a assisté aux réunions de la Société des Jacobins, qui se tenaient dans l'église Saint-André. Il tombe dans un endroit mal éclairé, avec des orateurs confus et désordonnés, parmi des femmes mal habillées « de la dernière classe » :

« Je trouvais horriblement vulgaires ces gens que j'aurais voulu aimer. »

À bride abattue, à travers le 19e et le 20e siècle, où trouve-t-on Stendhal ? Napoléon III ? De loin, mais tout de même un peu, à cause de son ancien bonapartisme et de son indulgence pour Lucien Bonaparte. La troisième République ? Un peu, malgré de fortes réserves sur les massacres de la Commune, qui lui rappellent trop le crime de la rue Transnonain (d'ailleurs Thiers est « infâme »). Patriote en 1917 ? Sûrement pas. Socialiste ? Encore moins. Fasciste ? Vous voulez rire. Communiste ? Passons. Nazi ? Pressons. Pétainiste ? De quoi parlez-vous ? Gaulliste ? Un peu, à cause de la décolonisation et de l'Angleterre. Mitterrand ? Un peu, à cause de l'abolition de la peine de mort. Et puis ? Rien.

Minna, qui se moque de tout, est quand même impressionnée de savoir qu'en 1993 (on peut vérifier ça dans l'agenda de l'Élysée), lors d'une remise de Légion d'honneur par Mitterrand (discours sans fiches, mémoire exceptionnelle, souffrance intense, teint cireux), j'avais, à ma gauche, Victor Del Litto. J'ai pu ainsi serrer la main, dans cette circonstance cocasse, de celui qui a tant fait pour Stendhal, notamment dans son intervention du 15 octobre 1961 dans le *Stendhal Club* (« Un texte capital pour la connaissance de Stendhal »). Rencontre imprévue, et pour moi émouvante. Hasard ? Peut-être pas. Stendhal (il le fait dire à Fabrice dans *La Chartreuse*) croyait aux *présages.*

Quoi qu'il en soit, après Mitterrand, sur lequel son jugement est très mitigé, je veux demander à Stendhal ce qu'il pense de l'actualité. Mais, cette fois encore, il dort. Je remarque le petit livre qui se trouve sur sa table : *La Princesse de Clèves.* Je lis sur son carnet de nuit ce qu'il a noté, de son écriture à peine lisible :

« Il y avait tant d'intérêts et de cabales différentes, et les dames y avaient tant de part, que l'amour était toujours mêlé aux affaires et les affaires à l'amour. »

Et aussi :

« Les paroles les plus obscures d'un homme qui plaît donnent plus d'agitation que les déclarations ouvertes d'un homme qui ne plaît pas. »

Anxieuse réflexion de Stendhal : *plaisait-il* ? N'était-il pas « babilan » (autrement dit plus ou moins voué au *fiasco* par impuissance) ? Mais qu'est-ce que « plaire », pour un homme, sinon renvoyer à sa partenaire sa propre image magnifiée ? Il a « plu », Stendhal, mais rarement et pas longtemps. En réalité, il a perçu comme personne la profonde frigidité féminine assortie de ruses et simulacres divers, bref l'hystérie tantôt convenable et dévote, tantôt explosive pour dissimuler son vide. En termes décents du 19e siècle, on dira que Mme X ou Mme Y manque de tempérament, ou bien qu'elle en a un, mais factice. Stendhal veut atteindre ce point narcissique obscur. Il y parvient, et c'est l'amour, au sens cristallisé que ce mot peut prendre.

Minna a l'intelligence de son tempérament, lequel est vif et intelligent.

L'amour-sirop, l'amour blabla, mérite qu'on ait dit de lui qu'il était l'infini mis à la portée des caniches. Ce qui signifie, par là même, qu'il y a de l'infini rabaissé dans cette dimension. Amour-publicité, amour-cinéma, amour-chansons, amour-télé, amour-magazines, amourpeople, sous ce déferlement permanent qui peut s'intéresser encore à l'amour-goût, à l'amour-passion, c'est-à-dire à la *Nature,* dans sa merveilleuse et proliférante simplicité *silencieuse* ? Pas la « nature » falsifiée par la propagande « écologique », non, la nature de tous les jours, n'importe où, celle qui est infiniment ouverte aux cinq sens, un pin parasol, une risée sur l'eau, une rose, la peau et les joues mangeables d'une jolie jeune femme sans maquillage, en train de prendre un café, comme maintenant, à Venise, sur les Zattere. C'est Minna, en jeans et tee-shirt bleu, pieds nus, sur un ponton au soleil. Elle relit une fois encore, pour son cours de demain, *La Chartreuse de Parme.*

Que se serait-il passé si Gina, la tante de Fabrice, la duchesse Sanseverina elle-même, avait empoigné son séduisant neveu ? Il n'avait qu'un mot à dire, c'était tout juste. Le comte Mosca tremblait en coulisses, un simple geste et c'était réglé, l'inceste radieux, la vie clandestine, le grand amour. Après quoi Gina, grande politique, aurait perfectionné l'éducation sensuelle de son jeune amant, et lui aurait laissé quelques plaisirs contingents, rien d'important, rien de durable, les fantaisies de son âge. Enfin l'inceste réussi, enfin la douceur.

Ils seraient allés à Paris, avec l'absolution de Mosca, esprit éclairé, ils auraient mené là une vie protégée, malgré les ragots furibonds du parti-prêtre et de la Congrégation. Quel roman ! Les passages sur la prison avec Clélia, les signaux, la volière, l'évasion, le « vœu à la Madone », bon, d'accord, mais c'est long.

Alors qu'avec Gina, la comtesse devenue duchesse, belle-sœur de la mère de Fabrice, la marquise del Dongo, on part dans l'aventure énergique. Elle est « sémillante, pétillante d'esprit et de malice », alors que Clélia, au contraire, vit dans un « regret de quelque chimère absente », au point qu'on avait longtemps cru « qu'elle finirait par embrasser la vie religieuse ». Non, non, plutôt Gina que Clélia ! Fabrice est charmant, mais idiot. Il aurait dû comprendre, anticiper, répondre, foncer, et il tombait sur un lit de roses. Gina l'adore, il l'adore, ils voyagent, ils finissent par s'installer, printemps et automnes, à Venise, elle s'occupe de tout, ils vivent incognito, c'est très beau.

L'exemplaire dit « Royer » de *La Chartreuse* a appartenu à un collectionneur célèbre, Pierre Bérès. Il a été présenté au public lors d'une exposition au musée Condé de Chantilly, fin 2003. En juin 2006, j'ai vu cet ami, devenu un vieillard vif, porter cet exemplaire légendaire pour en faire don à l'État français, autrement dit à la Bibliothèque nationale. Il ne s'agit pas d'un manuscrit, puisqu'il n'y en a pas, et que Stendhal a dicté son texte, après l'avoir écrit, cloîtré dans son appartement de la rue Caumartin, du 4 novembre au 26 décembre 1838, explosion créatrice après une longue accumulation souterraine. Un des trois exemplaires annotés et corrigés par lui est donc ce « Royer ». Pierre Bérès n'était pas peu fier de son cadeau, ses petits yeux de renard étincelaient de malice. Il faut dire qu'outre une fortune considérable en livres rares et manuscrits de toutes sortes, le fait d'avoir été le propriétaire d'un des trois exemplaires de *La Chartreuse*, de nombreuses *Illuminations* autographes de Rimbaud et du manuscrit de *Voyage au bout de la nuit* de Céline peut donner à un individu une haute idée distanciée de lui-même. Ce soir-là, aux anges, il ressemblait au père Leuwen, le banquier décrit par Stendhal.

La banque, c'est évident, veut le bien et l'accomplissement d'une société démocratique. Le philosophe français Alain, dans sa préface de 1950 à *Lucien Leuwen*, est formel :

« La banque nettoiera les sociétés anonymes et la Bourse elle-même. On n'a pas assez compris l'esprit juif, qui va tout droit là. Et tel est pourtant l'esprit de Dieu et l'esprit de la Bible. Telle est l'égalité et la justice. Nous ferons bien de faire lire la Bible aux enfants, qui seront alors consolés de leurs mauvaises têtes. »

Soixante ans après, sur fond de tempête boursière et d'argent roi devenu fou, que dirait cet estimable humaniste et républicain penseur ? La même chose, sans doute, car tout est pour le mieux, sans arrêt, dans le meilleur des mondes bancaires possibles. On est juste un peu étonné de voir Stendhal enrôlé dans une promotion de la Bible, lui qui notait un jour : « Dans les pays gais, on ne lit pas la Bible, et il y a de la galanterie. »

L'Italie...

M. Leuwen, le banquier honnête homme, aime son fils, Lucien, et le traite avec libéralité, en partie pour plaire à sa femme qui adore son fils. Stendhal, ici, se donne une famille équilibrée, puisqu'il a toujours haï son père, « Chérubin » (c'est son prénom), qui l'a laissé ruiné après sa mort. Trait d'époque : quand Mathilde de La Mole est enceinte, Julien pense immédiatement à « son fils ». Pas un instant, il n'imagine que ce pourrait être une fille. Dans *La Chartreuse*, même topo : Clélia est enceinte d'un fils, Sandrino, qui mourra comme tout le monde meurt dans les romans de Stendhal. Clélia, après la mort de Sandrino : « Elle ne survécut que de quelques mois à ce fils si chéri, mais elle eut la douceur de mourir dans les bras de son ami. » Et Gina : « La comtesse en un mot réunissait toutes les apparences du bonheur, mais elle ne survécut que fort peu de temps à Fabrice qu'elle adorait, et qui ne passa qu'une année dans sa Chartreuse. » Dans *Le Rouge*, Mme de Rênal (il faut attendre le chapitre XXI pour apprendre qu'elle s'appelle Louise) ne se suicide pas puisqu'elle a promis à Julien de ne pas le faire, mais, trois jours après son guillotinage, elle meurt « en embrassant ses enfants ». Un grand survivant reste à Parme, « immensément riche » : le comte Mosca, ce Machiavel qui a eu, sans doute, la préférence de Stendhal, puisque ses prisons sont vides.

Avec sa manie des cryptogrammes et du Chiffre, sa façon de passer, dans ses notes, du français à l'anglais et de l'anglais à l'italien, ses raccourcis genre SFCDT, et le nombre de ses pseudonymes ; avec ses croquis, dessins, plans en tout genre (qui envahissent *Henry Brulard*), Stendhal n'arrête pas de calculer sa vie, arithmétique, algèbre, géométrie, et pourquoi pas, dans le sillage du très étrange abbé Blanès (dans *La Chartreuse*), l'astrologie, les « présages ». Rien n'est fixe, pas plus la situation politique que l'expérience intérieure, tout est à observer et à déchiffrer, et c'est le français, comme langue, qui s'en charge, à condition d'écrire rapidement, sans ornements ou le moins possible. Avoir un point de vue sur sa propre langue à partir de deux ou trois autres est un atout sérieux pour l'écrivain joueur de vie. Je connais un peu la question, ayant pas mal vécu entre le français, l'espagnol, l'italien, pour des raisons chaque fois amoureuses (argot sexuel compris). Suffisamment, en tout cas, pour vérifier une qualité quasi génétique du français, langue idéale de traduction, clarté, décision logique et mathématique. Minna est parfaitement bilingue, mais rêve le plus souvent en italien (ou en dialecte vénitien). Son anglais est très supérieur au mien, et, contrairement à moi, elle peut surfer quand elle veut sur le Net. Je lui demande de me parler plutôt en italien, sa musique. Matilde Viscontini avait-elle cette même voix ronde, vive, chaleureuse ? Parlait-elle bien français ? Sûrement. Accent ? Glissades ? Petites erreurs redoublant son charme ? Stendhal, tout à la vision de sa déesse inaccessible, ne parle jamais de sa voix.

Reste la question religieuse, qui, en ce temps-là, obsède Stendhal. Il est athée, et surtout prêtrophobe et jésuitophobe depuis son enfance, il hait le parti « Noir », obscurantiste, intéressé, pudibond, hypocrite, froid, menteur, racorni, sans lyrisme. Il n'a pas de mots assez durs pour décrire le séminaire où Julien est enfermé, ses portraits sont d'ailleurs admirables de précision, mais enfin on se perd un peu dans cette cohue d'automates, abbés, évêques, archevêques, qui ont refondu sur la France avec la Restauration. La « déchristianisation » révolutionnaire du pays a atteint des profondeurs insoupçonnées, la « rechristianisation » est mécanique, tordue, brutale, et le plus souvent ridicule. C'est partout l'espionnage, la délation, comme quoi le parti noir a bel et bien intégré les méthodes du parti rouge. Tout le monde est suspect pour tout le monde. Un nom, pourtant, traverse, comme le diable, les pauvres complots de l'époque de Charles X : Joseph de Maistre, que Stendhal admire en secret tout en prétendant le détester, comme il admire la liberté de Casanova, dont la légende commence à peine. N'oublions pas que c'est à une lettre dictée par son confesseur à Mme de Rênal (elle est devenue dévote après son péché d'adultère) que Julien doit sa perte. Aller lui tirer dessus en pleine messe (comme son modèle historique réel, Antoine Berthet) pousse à bout la démonstration.

Nous sommes en décembre 1827 pour un procès extraordinaire : « Accusation d'assassinat commis par un séminariste dans une église. » La victime s'appelle Mme Michoud (Michoud !), l'assassin Antoine Berthet. Ce dernier est mince, beau, pâle, blessé (il a tenté de se suicider sans succès). La *Gazette des tribunaux* précise que pour cette séance, où l'on doit parler d'amour et de jalousie conduisant à un coup de feu dans une église, « les dames les plus brillantes sont accourues ». Tous les ingrédients d'un spectacle majeur sont là : Dieu, le mariage bafoué, une femme abusée, un futur prêtre criminel. Une déclaration de l'accusé attire l'attention, d'autant plus que cette affaire rocambolesque se passe à Brangues (bonjour Claudel) :

« Mme Michoud m'avait fait des protestations multipliées d'une éternelle constance. Il y avait, dans sa chambre à coucher, une image du Christ. Souvent, en la contemplant, elle m'avait dit avec passion : "En présence de cette image sacrée, je jure d'être toujours à vous, de ne pas en aimer d'autre, je vous promets de ne pas vous oublier, de vous rendre heureux, et de m'occuper toujours de votre sort." »

Long frémissement féminin dans la salle.

Mme Michoud est épatante, elle ne meurt d'ailleurs pas de sa blessure, pas plus que Mme de Rênal dans le roman. Après sa lettre de dénonciation, dictée par son confesseur (j'allais écrire « par son officier-traitant »), elle redevient sublime, elle aime plus que jamais Julien, condamné à mort, elle veut le sauver, sa passion maternante déborde lorsqu'elle visite le futur décapité en prison. Même exaltation chez Mathilde de La Mole, enceinte, qui romantise à mort la situation. On comprend que Julien, fatigué de toutes ces scènes (le père intéressé, le curé convertisseur, les maîtresses éplorées), préfère se faire couper la tête, non sans s'abandonner un moment dans les bras de sa maman de substitution.

On pleure beaucoup dans *Le Rouge*, c'est le côté *Nouvelle Héloïse* de Stendhal. Cependant, il précise qu'il s'attaque à « la sotte pruderie » qui a fait perdre à la France « ses droits au titre de *gaie* qu'elle méritait si bien avant la Révolution ». Dans les intérêts de son despotisme, Napoléon a fondé cette ennuyeuse pruderie et la Congrégation l'a fixée dans les mœurs de la province, surveillance généralisée, police de proximité. Napoléon, en somme, a trahi Bonaparte avec « ses niaiseries monarchiques », et a ramené le Noir au lieu de pérenniser le Rouge. Telle est la situation au début du 19e siècle. Depuis, après deux guerres mondiales catastrophiques et un état de guerre permanent, disons qu'on est passé au rose et au gris. Mais qui oserait intituler un roman français et mondial d'aujourd'hui *Le Rose et le Gris* ?

Balzac écrivait, dit-il, à la lumière de deux flambeaux éternels : le trône et l'autel. Stendhal, lui, a sans doute envisagé que, plus tard, ces deux flambeaux seraient la banque et l'Assemblée nationale. Comme chacun sait, le capitalisme est sans cesse à refonder et à moraliser, le socialisme aussi, vieille rengaine. Pendant ce temps, j'apprends que le célèbre Café de Paris, à Rome, haut lieu de l'ancienne dolce vita, appartenait à la mafia calabraise. Dans la foulée, je passe au reportage suivant :

« Les États-Unis sont une société matriarcale. Ce sont les femmes qui tiennent les maris, les enfants, les maisons. Elles incarnent la dignité et l'unité de base de la société. Elles sont les références morales du pays. Jamais, aux États-Unis, un homme ne se distancie de son épouse : "Voici mon patron !" répète l'homme en public, en présentant sa femme. Lorsqu'un scandale éclate, parce qu'un homme politique trompe sa femme, le mari est un pauvre type, l'épouse est admirable. C'est une convention américaine. »

Tout cela béni par Dieu, évidemment.

« La tyrannie de l'opinion, et quelle opinion ! est aussi *bête* dans les petites villes de France qu'aux États-Unis d'Amérique » (*Le Rouge et le Noir*, 1830).

On imagine aujourd'hui un scandale dans une petite ville du Texas. Un jeune pasteur noir baptiste a eu une liaison torride avec la femme blanche du chef de la police (deux enfants). Elle a des remords, se confie au principal pasteur blanc local (trois enfants). Ce dernier la force à écrire une lettre de dénonciation et de repentir au chef de la police, le gouverneur s'en mêle, les médias s'emballent, la carrière du jeune pasteur noir, qui s'annonçait brillante, est brisée net. Furieux, le jeune pasteur tire sur Mrs Mishiou en plein service religieux. Il est jugé, condamné à mort, et exécuté par longue injection létale. La guillotine n'a pas été importée aux États-

Unis, la vue du sang choquerait trop les âmes pasteurisées. On est donc passé là-bas de la friture convulsive de la chaise électrique à la piqûre mortelle, peu probante deux fois sur trois, sauf pour les souffrances du condamné qui tarde à mourir. En tout cas, le beau pasteur débutant va droit en enfer, et c'est bien fait pour lui. N'a-t-il pas osé dire à l'audience : « Madame Mishiou me demandait d'être Dieu, c'était intolérable » ? Madame Mishiou meurt d'ailleurs quinze jours après l'exécution de son amant, dans un accident de voiture resté inexpliqué (sur ce point, le film *La Femme de Dieu* est parfait). Toutes les mères de famille américaines sont bien d'accord : Dieu a puni ces criminels, preuve que les mères sont bien le roc inébranlable de la puissance américaine, laquelle a raison de larguer ses joyeux soldats vers des missions impossibles, d'abord au Vietnam et ensuite en Islam dur.

Après avoir été refusé comme consul à Trieste par le gouvernement autrichien, Stendhal se retrouve accepté bizarrement par le Saint Siège à Civitavecchia, et passe le plus clair de son temps à Rome. En 1833, au palais Caetani, il tombe sur de vieux manuscrits qu'il fait copier. C'est un trésor d'histoires d'amour le plus souvent tragiques. De quoi se monter la tête en les traduisant et les arrangeant.

Je fais remarquer à Minna, lectrice avisée de Sade, que Stendhal est toujours *décent* dans ses romans, jamais de détails physiques crus, tout se passe par transports entre les lignes. Mais dans ses *Chroniques italiennes*, sous couvert de passions violentes du passé, il peut s'en donner à cœur joie, et laisser éclater ce qu'il faut bien appeler son sadisme. Prudent, il commence à publier sans signature dans la *Revue des Deux Mondes*, et choisit même un pseudonyme (un de plus !) : *Lagenevais*. Vous entendez « là je ne vais », « la jeune V », et aussi, à peine dissimulé, « Genève ».

M. Lagenevais n'y va pas de main morte, avec complots, duchesses, religieuses enceintes, évêques corrompus, cardinaux criminels et brigands divers. Voilà de l'énergie du 16e siècle en acte, rien à voir avec l'affadissement ambiant. Des romans noirs mélangés de rouge ? *La Chartreuse,* bientôt, sera en cours.

Minna trouve que j'exagère, mais voici la preuve de l'excitation de Stendhal fouillant ces vieux manuscrits pour les faire éclater en plein conformisme français. Dans *Vittoria Accoramboni* :

« Sans lui accorder un moment, encore qu'elle demandât de se recommander à Dieu, il la perça d'un poignard étroit au-dessous du sein gauche, et, agitant le poignard en tous sens, le cruel demanda plusieurs fois à la malheureuse de lui dire s'il lui touchait le cœur ; enfin elle rendit le dernier soupir. »

Dans *La Duchesse de Palliano* :

« Peu après, il rentra dans la chambre avec une autre corde [la première n'allait pas bien], il lui arrangea de nouveau le mouchoir sur les yeux, il lui remit la corde au cou, et, faisant pénétrer la baguette dans le nœud, il la fit tourner et l'étrangla. La chose se passa, de la part de la duchesse, absolument sur le ton d'une conversation ordinaire. »

Mais, dans le genre cruel auquel se complaît Stendhal sous ses masques, le chef-d'œuvre est sans doute *Les Cenci.* Là encore, prudence : François Cenci a « une propension à un amour infâme », alors que le manuscrit italien dit carrément « sodomite ». Stendhal supprime aussi les références précises aux garçons (« ragazzi ») que Cenci mettait dans le lit de sa femme, et aux putains qu'il entretenait dans son palais. De toute façon, il fait mieux en pratiquant l'inceste avec sa fille, Béatrix, dans le lit de sa femme. Cenci est un grand imaginatif, et Stendhal aussi, qui n'en finit pas, goût extrême, de mettre le fascinant catholicisme à toutes les sauces :

Cenci « donnait à entendre à sa pauvre fille une hérésie effroyable que j'ose à peine rapporter, à savoir que, lorsqu'un père connaît sa propre fille, les enfants qui naissent sont nécessairement des saints, et que tous les plus grands saints vénérés par l'Église sont nés de cette façon, c'est-à-dire que leur grand-père maternel a été leur père. »

Au passage, une oreille un peu avertie saisit aussitôt qu'une fille n'a jamais d'autres enfants que de son père, pourvu qu'on reste ici dans le registre symbolique, sinon catastrophe assurée. Le père spermatique des enfants (leur géniteur, donc) n'est qu'un moyen de rejoindre ce désir, le « mari » étant au mieux un insecte plus ou moins corvéable ou parasitaire, au pire un imposteur comme le prouvent ses résistances ou ses infidélités.

En tout cas, le vieux François Cenci reçoit sa punition. La mère et la fille l'endorment à l'opium, et galvanisent deux tueurs stipendiés qui hésitent à assassiner un vieillard inconscient. Ils agissent sur le commandement des femmes :

« L'un d'eux avait un grand clou qu'il posa verticalement sur l'œil du vieillard endormi ; l'autre, qui avait un marteau, lui fit entrer ce clou dans la tête. On fit entrer de même un autre grand clou dans la gorge, de façon que cette pauvre âme, chargée de tous ses péchés récents, fût enlevée par les diables ; le corps se débattit, mais en vain. »

Avouez que ce n'est pas mal : ce Cyclope est un père, et Stendhal enfonce le clou. La mise à mort, ensuite, par décapitation publique de la belle-mère, Lucrèce, et de la fille, Béatrix, n'est pas mal non plus. Ah, les soirées de Civitavecchia, « trou d'ennui » !

Les femmes italiennes sont merveilleuses : elles se jalousent et s'espionnent, mais laissent parfois paraître leur attrait trouble les unes pour les autres. Vanina Vanini aime beaucoup un carbonaro blessé travesti en femme, la princesse Campobasso ne peut pas s'empêcher d'admirer sa rivale très différente d'elle, la comtesse Orsini, etc. De temps en temps, sans avoir l'air d'y toucher, Stendhal accélère son sujet, par exemple dans *San Francesco a Ripa*, grande réussite, bien supérieur à la longue et ennuyeuse *Abbesse de Castro*.

Cette fois, nous sommes en 1726, avec un Français ambassadeur de Louis XV à Rome, et amant clandestin d'une princesse (fantasme absolu de Stendhal). Il n'a que 22 ans :

« La gaieté, l'envie de s'amuser de tout et toujours, l'étourderie, le courage, la bonté, formaient les traits les plus saillants de ce singulier caractère, et l'on pouvait dire alors, à la louange de la nation, qu'il en était un échantillon parfaitement exact. »

Et encore :

« La mode à Rome, qui, pendant deux siècles, avait été pour les Espagnols, commençait à revenir un peu aux Français. On commençait à comprendre ce caractère qui porte le plaisir et le bonheur partout où il arrive. Ce caractère ne se trouvait alors qu'en France et, depuis la révolution de 1789, ne se trouve nulle part. C'est qu'une gaieté si constante a besoin d'insouciance, et il n'y a plus pour personne de carrière sûre en France, pas même pour l'homme de génie, s'il en est. »

Pas de chance : la princesse Campobasso, nièce du pape de l'époque, Benoît XIII, aime vraiment son jeune Français, mais, le sachant infidèle, le fait assassiner, après une macabre mise en scène dans l'église de San Francesco a Ripa (d'où le titre).

Voilà : c'était un message personnel et codé de Stendhal. Cette brève et admirable nouvelle n'a été publiée qu'après sa mort, en 1853.

Intrigues, ambitions, jalousies, argent, crimes, très bien, mais pas de détails sexuels, sauf dans le sang. Pour plus de précisions, il faudrait un temps d'« insouciance ». Mais qui peut encore, comme avant 1789, être *insouciant* ?

Vers la fin de sa vie, Stendhal a beaucoup grossi, et il est obligé de se faire faire un fauteuil pour son bureau au consulat. Il s'ennuie, ne trouve personne avec qui parler, et à travers ses « histoires italiennes » se donne du mouvement, des aventures, des acrobaties, des évasions. Les *échelles* jouent un grand rôle dans son imagination. Il y en a dans sa vie, il y en a dans ses livres. On monte sur une échelle, une femme vous attend dans sa chambre, on redescend au petit matin, très silencieux, pas vu, pas pris. Stendhal est toujours clandestin, c'est un cambrioleur d'existence.

Balzac, dans son article retentissant de septembre 1840 dans la *Revue de Paris* sur *La Chartreuse de Parme*, s'indigne que, dix mois après la publication du roman, pas un seul journaliste ne l'ait lu, compris, étudié, annoncé, analysé, loué, ou seulement cité. L'explication est simple : Stendhal *ne fréquente pas*.

Balzac dénonce (déjà !) « cette quête de louanges et d'articles à laquelle se livrent les auteurs modernes. C'est la mendicité, le paupérisme de l'esprit. Il n'y a pas de chefs-d'œuvre tombés dans l'oubli. Les mensonges, les complaisances de plume ne peuvent donner la vie à un méchant livre. »

Sans doute, mais outre qu'on peut très bien imaginer une époque où les chefs-d'œuvre seraient tombés dans l'oubli (ça s'est vu pendant plus de dix siècles), la question maintenant est de vendre, et Balzac le sait mieux que personne. Les « méchants livres » sont morts, mais le public aime bien acheter de la mort.

Cela dit, malgré des réserves peu justifiées dont Stendhal ne tiendra pas compte, Balzac sent, devine, voit :

« M. Beyle a fait un livre où le sublime éclate de chapitre en chapitre. Il a produit, à l'âge où les hommes trouvent rarement des sujets grandioses et après avoir écrit une vingtaine de volumes extrêmement spirituels, une œuvre qui ne peut être appréciée que par les âmes et par les gens vraiment supérieurs. Enfin, il a écrit *Le Prince moderne*, le roman que Machiavel écrirait s'il vivait banni de l'Italie au 19e siècle. [...] Le scrutin secret, dans lequel votent un à un et lentement les esprits supérieurs qui font la renommée de ces ouvrages, se dépouille très tard... »

Stendhal répond, et la plus belle phrase de sa réponse vise les puissants de son temps (politiques, journalistes, écrivains, etc.) :

« La mort nous fait changer de rôle avec ces gens-là. Ils peuvent tout sur nos corps pendant leur vie, mais, à l'instant de la mort, l'oubli les enveloppe à jamais. »

Quel critique, du temps de Stendhal, l'accusait, dans un article moralisant, de se livrer à des « fanfaronnades » ? Oublié. Plus près de nous, qui a pu écrire de Proust : « Je suis peut-être bouché à l'émeri, mais je ne puis comprendre qu'un monsieur puisse employer trente pages à décrire comment il se tourne et se retourne dans son lit avant de trouver le sommeil » ? Oublié. Qui a dit de Céline qu'il était « très surfait » ? Oublié. Qui se souvient des romans superbes, prodigieux, bouleversants, vertigineux, vantés par la critique depuis dix ans ? Personne. Ça s'écrit, ça se publie, ça s'oublie. Ça n'a pas été vraiment écrit, mais ça se *poublie*. Pourquoi ? Allez savoir, c'est un rêve.

Depuis quelque temps, une des élèves de Minna à Milan est amoureuse d'elle. Elle s'appelle Liana, ses parents sont médecins, elle veut faire une thèse sur l'amour chez Stendhal. Elle est venue en week-end à Venise, avec Minna et sa fille, une nuit, quatre chambres, dîner très gai, à côté, au *Linea d'ombra,* dans l'angle gauche au bout du ponton sur l'eau, celui qui fait face, de l'autre côté de la Giudecca, à San Giorgio. Liana est très jolie, brune aux yeux bleus, réservée, pudique, le contraire de sa génération intermédiaire, bruit, fric, boîtes, rock, people. À l'opposé, donc, du modèle gouvernemental général, parade, pub, télé, escort girls, coke, ecstasy, bavardage, sécurité, mariage. La subversion, aujourd'hui, est dans le retrait, le goût, les détails. Retour inattendu de Stendhal et des « happy few », contradiction avec la porcherie ambiante. Liana admire Minna et me voit à peine.

Petite improvisation de Minna sur *Lamiel,* le dernier roman inachevé de Stendhal :

« Au milieu des dîners éphémères dégénérant en orgie, on voyait une femme censée faire le lien de ce genre de société. Il était évident que le libertinage ou ce qu'on appelle le *plaisir,* dans ce moment-là ou même ailleurs, n'avait aucun charme pour elle. Chose incroyable, elle n'était pas haïe des dames ; sans doute ses succès si extraordinaires choquaient mais : 1° le *plaisir* n'était rien pour elle ; 2° elle avait avec ses bonnes amies un ton de politesse fine et gaie qui les subjuguait. »

Jamais Stendhal n'a été aussi près de définir ce qui l'a toujours subjugué, la profonde frigidité féminine, « cette manie de rire de tout… la curiosité était toujours son unique et dévorante passion... » Ou bien l'autre versant : la dérobade obstinée et sévère de Matilde (conduisant à la cristallisation).

Je sais très bien où Minna, en douce, veut en venir : à la note mémorable du 17 mars 1840 : « Je ne puis travailler à rien de sérieux for this little gouine. » Il se souvient de Mélanie, son premier amour, dont le comportement lui échappait lorsqu'il avait 22 ans. Il en a maintenant 57, il est moins crédule. Proust le sera beaucoup plus.

Il faut dire qu'on s'embrouille un peu dans les situations amoureuses et idéalisantes des romans de Stendhal, lesquelles deviennent parfois carrément barbantes. Qui peut vraiment s'intéresser à la chaste Mme de Chasteller dans *Lucien Leuwen* ? Émois, frôlements, langueurs et longueurs... On comprend que, dans la vie, Stendhal ait fait un usage courant des prostituées, ce que prouvent des rapports de police et sa plaisante aventure anglaise. Mais dans les romans, c'est l'obstacle, et, toujours, l'illusion maternelle poursuivie, souhaitée. Il a certainement pensé que les rois de France (Louis XV, par exemple) ont été initiés, très jeunes, par des femmes mûres, des « mamans » spéciales. L'éducation aristocratique de cour y conduisait, et ce qu'on oublie de mentionner, c'est l'intérêt de ce type de précocité pour les sciences. Sous le nom maudit d'« Ancien Régime », la table rase s'impose, et il est interdit de savoir que Louis XV (encore lui) était *aussi* un monarque éclairé. L'aristocratie française, non sans raison (le Régent), a sans cesse été soupçonnée d'incestes et Marie-Antoinette se verra accusée de ce crime commis sur son fils par le Tribunal révolutionnaire. Elle méritait donc amplement la mort.

Habilement, alors que j'évite le plus souvent de parler de ce que j'ai écrit et publié (ce qui arrange beaucoup mes proches et mes amis, lesquels ont suffisamment de mal à supporter ma présence), Liana met la conversation sur *La Fête à Venise*, roman publié en France en 1991 (Minna a 18 ans), livre qu'on trouve maintenant en édition de poche, avec, en couverture, la reproduction d'un magnifique tableau vénitien de Manet, avec ses piquets bleus et blancs. Elle a repéré le passage du début :

« J'aime qu'Henri Beyle, plus connu sous le nom de Stendhal, note qu'il a commencé la rédaction de ses *Souvenirs d'égotisme* le 20 juin 1832, "forcé comme la Pythie". Il a 49 ans, il est à Rome. Le 4 juillet de la même année, il note : "La chaleur m'ôte les idées à 1 h 1/2." On devrait tout laisser inachevé. Souvent, Stendhal n'écrit pas son nom d'état civil Beyle, mais Belle. Il se trouvait laid, gros, une tête de boucher italien. “Les yeux qui liront ceci s’ouvrent à peine à la lumière.” Oui. “Mes futurs lecteurs ont 10 ou 12 ans.” Oui, oui. »

Liana, au moment de la publication de *La Fête à Venise*, a 2 ans. Ses questions porteraient volontiers sur le personnage féminin principal du livre, Luz, mais je change de conversation pour ne pas déranger Minna. Pas d’ambiguïté sexuelle, pas d’« orgie » en perspective, je propose juste à Liana une rapide visite, le lendemain matin, des lieux où se déroule *La Fête*. La nuit, maintenant, est complètement tombée, velours noir et clapotis d’eau, quelques motoscafos vont et viennent autour de nous comme des dauphins d’acajou. San Giorgio illuminé, sur l’autre rive, n’en finit pas de nous protéger. On a pas mal bu, bonne nuit sans rêves.

Liana est très surprise, le lendemain à midi, de me voir entrer dans l’église des Gesuati, sur les Zattere, et allumer deux cierges devant la grande poupée hypersophistiquée de la Vierge. Elle ne dit rien, elle n’est pas hostile, juste intriguée. Je lui montre ensuite le quartier de San Trovaso, la gare maritime, et retour vers le campo San Vio, avec, au passage, les fenêtres du troisième étage où j’ai écrit la plupart de mes livres, printemps et automnes, à côté de la « maison rouge » peinte par Monet en 1908. J'indique, seulement, je me tais.

Après tout, il n'est pas exclu qu'elle lise un jour ce livre-ci ou un autre. Mais non, elle oubliera tout ça, Stendhal et Minna, elle se mariera confortablement, elle aura deux enfants, et sera cadre supérieur dans une agence de communication internationale. Elle se rapellera vaguement notre dîner et son projet de thèse, ouvrira quand même un jour les *Souvenirs d'égotisme* en italien, lira la brève note de Minna qui m'est consacrée, « scrittore francese », s'arrêtera sur une phrase de Stendhal, « dans ma jeunesse, quand j'improvisais, j'étais fou », tombera peut-être, dans une librairie, sur mon *Dictionnaire amoureux de Venise*, ou bien sur *Un vrai roman, Mémoires*, avec, en couverture de l'édition de poche, *La Maison rouge*, cette confidence biographique d'un peintre français.

Pour l'instant, promenade silencieuse au soleil, et admiration ponctuelle des chats. Minna, sa fille et Liana repartent toutes les trois ce soir. J'ai toute une semaine seul, ici, devant moi.

Stendhal, aveuglé par son anticléricalisme passionné français, trouve Saint-Pierre de Rome d'une absolue laideur. Il a tort. Mes cierges allumés aux Gesuati l'auraient horrifié, à moins qu'il n'ait compris que les temps avaient changé d'époque. Beaucoup d'eau a coulé sous les ponts depuis la Révolution, Napoléon, la Restauration, le second Empire, la troisième République, la boucherie de 1914-1918, celle de 1939-1945, le Goulag, la Shoah, Hiroshima, le surgissement de la Chine, l'attentat russe contre Jean-Paul II, le réveil explosif de l'Islam, le premier pas sur la Lune, le cinéma, la télévision, les ordinateurs chargés de remplacer l'utilisateur, la pornographie, la chirurgie esthétique, l'utérus artificiel, la drogue, le rock. J'expliquerais à Stendhal ma décision, très jeune, de faire semblant d'être là en n'étant pas là. Je lui ferais lire *Femmes* et mes livres sur Vivant Denon, Mozart et Casanova. Pas de duchesses, pas de comtesses, mais des pouvoirs que l'on peut mépriser en toute tranquillité, une police surchargée ailleurs, des conditions de liberté incroyables si on est organisé et discret. Je lui démontrerais qu'on peut être consul de sa propre vie à Venise. Il serait amoureux platonique de Minna, comme, autrefois, de Mina de Griesheim à Brunswick. On ferait du bateau ensemble, et il apprécierait que chaque jour, ici, soit comme une grosse goutte de temps, une goutte de soleil bleu et d'encre.

Mais comme je suis de Bordeaux, il suffirait que je lui rappelle cette déclaration de *Mémoires d'un touriste* : « À une époque d'hypocrisie et de tristesse ambitieuse, la *sincérité* et la *franchise* qui accompagnent le caractère *viveur* placent le Bordelais au premier rang parmi les produits intellectuels et moraux de la France. » (C'est lui qui souligne.) Je lui raconterais ma vie de *viveur*.

Comment faire comprendre, au début du 21e siècle, qu'un homme et une femme peuvent vivre, parfaitement détendus et heureux, dans le plus grand silence ? C'est pourtant ce qui m'arrive avec Minna. Elle s'abrite dans ce silence qui est la vraie communication retrouvée entre soi et soi, entre soi et l'autre, entre l'autre et l'autre. On parle, bien sûr, l'actualité nulle y contraint, mais sur fond de silence. On s'entend très bien, puisque le fond du monde, comme le soleil, est silence. On vit en bateau, et mieux qu'en bateau.

Ou bien on écoute de temps en temps, encore une fois, *Le Clavier bien tempéré* de Bach dans l'interprétation de Glenn Gould. C'est un grand roman qui se suffit à lui-même. Musique, murmures, oiseaux et signaux.

Dans *La Chartreuse*, la citadelle où Fabrice est enfermé devient le centre du monde. En ville, on ne parle que de ce prisonnier et de sa mort programmée prochaine. Au lieu de poursuivre Clélia d'un amour impossible et de guetter ses apparitions dans sa volière, Fabrice ferait mieux de prendre à la lettre ce que lui dit un message lumineux, nocturne, une « lumière extrêmement petite mais assez vive, partie du haut d'une tour ». Il y a cent soixante-treize nuits qu'il est là, captif, et les signaux durent depuis quatre mois. Il déchiffre enfin le code :

« INA PENSA A TE.

Évidemment : *Gina pense à toi !* »

Il suffit d'ajouter la lettre G à INA, le G absent mais flamboyant, et de comprendre que sa belle tante, la duchesse Sanseverina, lui parle de loin de façon muette.

« Il répondit à l'instant par des apparitions successives de sa lampe au vasistas par lui pratiqué :

FABRICE T'AIME ! »

L'amour est un code secret et muet.

Les comploteurs continuent leurs ponctuations lumineuses à distance, en utilisant l'alphabet « *alla Monaca* », où le A porte le numéro 10, B le numéro 3, « c'est-à-dire que trois éclipses successives de la lampe veulent dire B, dix éclipses successives l'A, etc. ». On imagine la longueur des messages et l'attention soutenue qu'il faut leur porter. Mais il y a d'abord les abréviations : trois apparitions se suivant très rapidement indiquent la duchesse, quatre le prince, deux le comte Mosca. Deux apparitions rapides suivies de deux lentes signifient *évasion.* Vous y êtes ? Vous commencez à lire.

Stendhal a sans arrêt pratiqué ce langage crypté (affaires diplomatiques ou personnelles), lequel développe les dons d'observation (hommes, femmes, paysages). Il a appris, dès l'enfance, à être comme Fabrice dans la nuit : « Il n'était attentif qu'à se tenir sur ses gardes en présence d'ennemis hypocrites et dangereux. » Il n'y a que l'abbé Blanès (« son véritable père ») à qui il puisse faire confiance, installé au dernier étage d'un antique clocher, et féru d'astrologie et de prophétie : la « carte du ciel était tendue sur un grand vase de terre cuite qui avait appartenu jadis à un oranger du château ».

Un ajout sur l'exemplaire dit « Chaper » est particulièrement intéressant. N'oublions pas que c'est un catholicophobe plutôt jacobin qui parle, brimé par le parti dévot dans son enfance à Grenoble :

« Fabrice, profondément religieux comme on l'est en Italie, où la religion est liée à toutes les joies de la première enfance, avait sur les destinées humaines des idées particulières. L'abbé Blanès, curé du village de Grianta sur le lac de Côme où était le château de son père, et de plus grand partisan de l'astrologie, lui avait enseigné que par des rencontres d'événements qui semblent fortuits aux yeux non prévenus, l'Éternel daigne quelquefois donner des avis aux êtres qui se sont faits siens. »

Stendhal est un enfant de l'Italie, pays des oranges. L'Éternel lui parle en chiffres intermittents puisqu'il s'est fait « sien ».

Ça n'a l'air de rien, mais ce n'est pas rien. Rome est toujours dans Rome, et Stendhal a beau déclarer qu'il déteste Joseph de Maistre, il en reconnaît, en s'amusant, l'importance. Ainsi, dans *Le Rouge et le Noir* :

« L'étonnement du directeur du séminaire n'eut plus de bornes, lorsque, interrogeant Julien sur l'autorité du Pape, et s'attendant aux maximes de l'ancienne Église gallicane, le jeune homme lui récita tout le livre de M. de Maistre. »

Julien déplut à ses camarades « en exposant mieux qu'eux-mêmes leurs propres opinions ».

Les séminaristes sont grossiers et obscurantistes, et, comme « tout bon raisonnement offense », ils finissent, comble d'ironie, par appeler Julien « Martin Luther ».

Stendhal a lu *Du pape* de Joseph de Maistre. Il n'aime pas, avec raison, l'Église gallicane française. Mais en Italie, tout change, à moins d'être aveugle et sourd.

Stendhal, toute sa vie, revient sur *De l'amour.* En 1826, il a 43 ans, première préface : « Cet ouvrage n'a eu aucun succès ; on l'a trouvé inintelligible, non sans raison. »

Il insiste : l'amour est une « folie très rare en France », et, de plus, l'« empire des convenances s'accroît tous les jours ». Le mot « amour » lui-même est proscrit par peur du ridicule. Désormais, seul l'argent compte, et il est très précis sur les questions d'argent. Quant aux femmes, elles ont versé dans « une affectation de tous les instants », au point qu'elles ne peuvent plus juger des sentiments vrais. Le financier finance l'affectation des sentiments. C'est déjà le cinéma, la publicité, la laideur comme produit de beauté, le mauvais goût hurlant, l'insensibilité à l'art. L'auteur de *De l'amour* ne peut être que suspect : « L'industriel millionnaire sent confusément qu'un tel homme place dans son estime une pensée avant un sac de mille francs. » Et cette perle :

« Gare aux industriels ; ils vont crier à l'aristocrate ! »

Son éditeur lui conseille de modérer son propos. Réponse :

« En 1817, je n'ai pas craint les procureurs généraux ; pourquoi aurais-je peur des millionnaires en 1826 ? Je ne crains que ce que j'estime. »

Ici, maintenant, au début du 21e siècle, j'ajoute : je n'ai pas craint ma famille, la maladie, les curés, l'école, l'université, l'armée, la police, les fascistes, les communistes, pourquoi craindrais-je les milliardaires et les journalistes ?

Tous les pouvoirs craignent le véritable amour comme la peste. S'il le faut, on le noiera dans des tonnes de fausses représentations, alors qu'il est « comme ce qu'on appelle au ciel la *voie lactée*, un amas brillant formé par des milliers de petites étoiles, dont chacune est souvent une nébuleuse ».

L'amour est une galaxie multiplicatrice d'observations et de sensations, minuscules détails terrestres, poussière de soleils, astronomie ouverte. Le scandale est qu'il est gratuit. Temps libre et gratuit.

« Ce livre a le malheur de ne pouvoir être compris que par des gens qui se sont trouvé le loisir de faire des folies. »

En mai 1834, il a 51 ans, il est à Rome, il a déjà écrit *Souvenirs d'égotisme*, l'année suivante il interrompra *Lucien Leuwen* pour se lancer dans *Vie de Henry Brulard*, et voici la deuxième préface à *De l'amour* :

« Je n'écris que pour cent lecteurs, et de ces êtres malheureux, aimables, charmants, point hypocrites, point *moraux*, auxquels je voudrais plaire ; j'en connais à peine un ou deux. »

Autant dire personne sauf lui, et peut-être une femme comme Mme Roland, guillotinée sous la Terreur avec ses amis Girondins, grande admiration de Stendhal, si elle pouvait ressusciter quelque part. En tout cas, rien qui puisse plaire ici aux femmes de son temps qui « dispensent la considération » (Mme de Staël, par exemple). Rien n'a changé : les femmes « graves » d'autrefois sont les femmes coincées d'aujourd'hui.

« Si vous n'avez pas l'habitude, contre nature, de penser en lisant, ce livre-ci vous donnera de l'humeur contre l'auteur ; car il vous fera soupçonner qu'il existe un certain bonheur que vous ne connaissez pas, et que connaissait Mlle de Lespinasse. »

Le 15 mars 1842, à 59 ans, Stendhal n'a plus qu'une semaine à vivre. Il revient sur *De l'amour* (troisième préface). Il évoque, ce qui est exceptionnel de sa part, les horreurs de la retraite napoléonienne de Russie, passage de la Berezina, marche à pied jusqu'à Smolensk, attaques répétées des cosaques, cadavres gelés dans tous les sens, et, selon des témoins, grand « sang-froid » du futur auteur.

Comprenons bien : c'est un homme *horrifié*, déserteur de l'identité nationale (sa tombe sera celle d'un « Milanais », blasphème absolu contre toute appropriation patriotique), qui retrouve l'Italie dans un éblouissement continu. L'Italie, ou plutôt l'« heureuse Lombardie », Milan, Venise, où l'unique affaire est celle du plaisir. L'erreur mortifère se répand partout, sauf en Italie. C'est en tout cas à Milan que Stendhal a sa grande aventure intérieure qu'il note « au crayon et sur des chiffons de papier ». Il prétend qu'il a dû quitter la ville parce qu'il était soupçonné d'être *carbonaro*, mais nous savons bien que le motif principal est le refus de Matilde. Un jour, il demande à un libraire de Paris des nouvelles de son livre, et celui-ci lui répond : « On peut dire qu'il est sacré, car personne n'y touche. »

De l'amour a eu dix-sept lecteurs de 1822 à 1833. Après vingt ans, écrit Stendhal, il n'a été compris que par une centaine de curieux. C'est beaucoup, et même vendu aujourd'hui à cent mille exemplaires, le chiffre des « bénévoles » ou des « curieux » ne serait pas plus élevé. De toute façon, il s'agit de la description mathématique d'une maladie enchantée. Mais voilà : « Il faut bien l'avouer, les femmes ne sont plus à la mode. » Et encore : « On a tué la faculté de s'amuser. »

« L'effroyable changement qui nous a précipités dans l'ennui actuel rend inintelligible la société de 1778, telle que nous la trouvons dans les lettres de Diderot à Sophie Volland, sa maîtresse, ou dans les Mémoires de Mme d'Epinay. »

Tout allait donc mieux, fémininement, sous Louis XV ? Il faut croire, mais Stendhal a du mal à admettre que la régression soit la conséquence catastrophique et vertueuse de 1793 comme de l'Empire. Alors, à qui la faute ? La Restauration ? La Congrégation ? Sans doute, mais encore ? Plus de gaieté, en tout cas, plus d'esprit, plus de vraies femmes, plus de *sensibilité aux arts*. Révolution et contre-révolution seraient donc complices de façon ténébreuse ? La France s'est « anglisée », elle sera donc américanisée. La perspective de *De l'amour* change : elle est désormais une défense intime et une revendication sensuelle de liberté. Stendhal, ici, vote 1778, et il s'agit bien d'un acte révolutionnaire.

En réalité ce qu'il demande à son Italienne idéalisée, figure maternelle avec risque de *fiasco*, c'est non seulement de l'aimer, mais de le prendre en charge. Mais comment vivre là, en étant surveillé par la police autrichienne ? Avec quel argent ? Comment respirer, plus tard, parmi la bêtise et les ragots de Civitavecchia avec un petit salaire de consul ? Comment ne pas se faire trop remarquer à Rome ? Casanova, mort en 1798, n'a plus vécu que pour ses Mémoires (treize heures d'écriture par jour, seul, dans un petit château de Bohême), mais il a eu tout le temps nécessaire pour prendre la mesure de la montée de l'aplatissement et de l'ennui, surtout les jours de pluie.

Les patriotes lombards défendaient leur identité contre une occupation étrangère. Être *carbonaro* était une cause noble, et on comprend, sur ce point, la vibration amoureuse de Stendhal. On ne le voit pas devenir favorable aux Brigades rouges ou au terrorisme d'État, à la mafia ou à la tentative d'assassinat d'un pape pour le compte d'un totalitarisme aux abois. On le voit très bien, au contraire, désillusionné mais très actif, ignorer savamment la surexposition de l'Italie en musée touristique, côtoyer, sans les voir ni les entendre, les corps obèses et les voix nasillardes de parasites yankees de Venise, et puis rentrer chez lui, à l'écart (chez Minna, donc), approuver les cloches, les mouettes, l'acacia et le magnolia, ouvrir son cahier bleu, et, souriant du tour qu'il se joue, retrouver son livre.

Après un déjeuner rapide au *Linea d'ombra*, j'achète quatre roses rouges que je dépose sur le sol aux Gesuati, à San Vio, à San Agnese, à San Trovaso, les endroits où j'ai été le plus heureux dans ma vie. Temps très bref et très long, trésor de mémoire.

La seule photo en couleur connue de Guy Debord (je l'ai glissée sur fond de musique dans un film sur lui) permet de le voir, à la fin d'un déjeuner, sur le ponton du *Linea d'ombra*. Il fait très beau, une bouteille de vin rouge est posée sur la table. Debord n'aime pas être photographié, il se tasse un peu sur la droite, San Giorgio, derrière lui, au loin, resplendit au soleil. C'est Alice, sa femme, qui m'a prêté, pour le film, cette photo unique. L'intraitable Debord, dévot du noir et blanc, a fini par faire sur moi une fixation négative, au point d'écrire, dans une lettre étrange, un an avant son suicide, que je ne connaissais pas Venise, alors que j'y ai passé quarante ans incognito, printemps et automnes, et souvent, comme aujourd'hui, au *Linea d'ombra*. Debord, en écrivant cette lettre, est pour la dernière fois à Venise, et je suis invisible pour lui à deux pas.

Stendhal aurait aimé *Commentaires sur la société du spectacle* et *Panégyrique*, tout en ne comprenant pas pourquoi l'auteur a maintenu, mais de moins en moins, son point de vue plébéien. Il aurait aimé aussi *Poésies* de Lautréamont, et apprécié que Nietzsche se soit reconnu en lui, bien qu'allemand : « Les Allemands sont si bêtes ! J'ai passé plusieurs années chez eux, et j'ai oublié leur langue par mépris. »

Minna, elle, c'est le temps léger, la grâce des choses toutes simples : joues, mains, cou, nuque, oreilles, narines, voix, furtivité, humour, rire, tendresse. Elle ressemble tellement à sa ville qu'elle en est devenue pour moi le cœur observable et caché. Elle ne me freine pas, laisse aller, entoure. De temps en temps, elle me demande des nouvelles de mon roman. Il avance grâce à toi, trésor. Tu vois, là-bas, cette glycine violette débordant d'un balcon ? Elle est pour toi à l'instant, remerciement calme.

Le 3 avril 1841, Stendhal écrit qu'il vient de « se colleter avec le néant ». Il a eu une attaque le 25 mars.

Depuis 1831, il a des accès de paludisme et de goutte, compliqués de calculs des reins et d'infection urinaire. Il manque en mourir d'avril à juin, et, l'année suivante, il écrit *Souvenirs d'égotisme.* Il mange trop, fait de l'hypertension artérielle, ce qui entraîne des accidents vasculaires cérébraux, surtout l'hémiplégie droite. Ces accidents expliquent les troubles moteurs, sensitifs et psychiques plus ou moins graves qu'il note en pensant de plus en plus profondément à établir sa biographie intime. Son grand roman, c'est lui.

L'accident de mars 1841, accompagné d'une perte de connaissance, laisse des séquelles importantes dont témoignent son portrait du 8 août ainsi que les réactions de ses amis lors de son retour à Paris en novembre. L'hémisphère droit du cerveau ayant été atteint, les suites sont perceptibles sur le côté gauche du visage et du corps, avec une faiblesse du menton caractéristique. Il faut ajouter une brève aphasie amnésique et des troubles du langage. Il se plaint d'avoir eu, pendant six mois, des « migraines horribles » :

« J'ai eu quatre suppressions de mémoire de tout français depuis un an. Cela dure de six à huit minutes, les idées vont bien mais sans les mots. »

On trouve, dans une lettre du 5 avril, des signes de confusion et de perte de mémoire. Il écrit « voici ma première lettre », alors qu'il en a déjà envoyé une. Il a, dit-il, une « langue épaisse » :

« Je suis quatre ou cinq fois sur le point d'étouffer, mais le dîner me guérit à moitié et je dors bien… Une lettre de trois lignes à écrire me donne des étourdissements. »

Prémonition : « J'ai assez bien caché mon mal, et je trouve qu'il n'y a pas de ridicule à mourir dans la rue quand on ne le fait pas exprès. »

Le 19 avril : « Le symptôme le plus désagréable, c'est l'embarras de la langue qui me fait bredouiller. »

Le 4 avril, déjà, dans une lettre de dix lignes à Balzac, pour lui donner trois adresses, il écrit l'une trois fois et l'autre deux fois.

C'est le 22 mars 1842 qu'une attaque d'apoplexie totale frappe Stendhal à la sortie d'un dîner avec le ministre Guizot, sur le trottoir longeant le ministère des Affaires étrangères de l'époque, rue Neuve-des-Capucines (actuel n° 24 de la rue des Capucines), à deux pas de la place Vendôme. Par hasard, son cousin Romain Colomb arrive vingt minutes après :

« Je le trouvai sans connaissance dans une boutique vis-à-vis du lieu où il était tombé, je ne pus obtenir de lui ni une parole ni le moindre signe. »

On le transporte à son hôtel, et, là (style inimitable de l'époque), « toutes les ressources de l'art furent épuisées sans succès ».

Le 23 mars, à 2 heures du matin, Marie-Henri Beyle, célèbre sous le nom de Stendhal, meurt dans sa chambre de l'hôtel de Nantes, 78 rue Neuve-des-Petits-Champs, actuel n° 22 de la rue Danièle-Casanova. Il a 59 ans. Danièle Casanova est une héroïne résistante du Parti communiste français, morte du typhus à Auschwitz, en mai 1943, à l'âge de 34 ans, un siècle, donc, après la mort de Stendhal. Giacomo Casanova, Stendhal, Danièle Casanova, Auschwitz, Nantes, Paris, quel *raccourci* dans les noms et les dates. On ne sera pas étonné qu'un hôtel Mercure de la rue Danièle-Casanova ait pris aujourd'hui le nom de Stendhal.

L'article 1 des *Privilèges*, écrit le 10 avril 1840 à « Mero » (Rome), brevet donné par *God* lui-même, stipule ceci :

« Jamais de douleur sérieuse jusqu'à une vieillesse fort avancée : alors non douleur, mais mort, par apoplexie, au lit pendant le sommeil, sans aucune douleur morale ou physique. Chaque année, pas plus de trois jours d'indisposition. Le *corpus* et ce qui en sort inodore. »

L'article 2 précise tout de suite :

« Les miracles suivants ne seront aperçus ni soupçonnés par personne. »

Stendhal est tombé sans connaissance dans la rue, mais il est mort dans un lit, et, on peut l'espérer, sans douleur morale ou physique.

Son cousin a noté :

« Chaque fois que Beyle parlait de la mort, il exprimait le désir de terminer sa vie par une attaque d'apoplexie, pendant le sommeil, en voyage, dans une auberge de village. Ce vœu, si souvent manifesté, a été exaucé, au moins dans sa disposition principale. »

On peut laisser tomber les aventures du corps de Stendhal après sa mort. Tout de même : contrairement à ce que prétend Mérimée, un service religieux a bel et bien eu lieu, le 24 mars 1842, à midi, dans l'église de l'Assomption, au coin de la rue Cambon et de la rue Saint-Honoré. Que cela contredise le souhait exprimé par Stendhal dans ses testaments (et aussi en 1836), « d'être transporté directement et sans frais au cimetière », ne doit ni nous étonner ni nous indigner, à moins d'être un dévot du 19e siècle. Il était athée, sauf si *God* lui parlait en direct, et avait même demandé à être enterré dans le carré protestant à Rome (quelle idée !). Les différents endroits où ont été déposés ses restes au cimetière Montmartre sont plutôt sinistres. Il en aurait ri.

Il n'aurait pas ri, en revanche, de la modification apportée par son cousin à son inscription, longtemps réfléchie sous forme de carte à jouer. Au lieu de « Il vécut, écrivit, aima », le cousin, déjà choqué, comme tout le monde, par l'emploi de l'italien pour se désigner soi-même comme « Milanais », a fait graver : « Il vécut, aima, écrivit. » Contresens majeur : le dernier mot, voulu par le vivant d'outre-tombe, est bien *aima*.

La vraie tombe de Stendhal est cette inscription : « Je vis, j'écris, j'aime. » Dans cet ordre, et pas autrement. Tout le poids de cette déclaration ternaire porte sur *aime.* De quoi déconcerter les siècles des siècles, et pas de Panthéon, en tout cas.

Il faut insister : c'est parce qu'il vit et qu'il écrit qu'il aime, et non pas parce qu'il vit et qu'il aime qu'il écrit. Il y a la vie, l'écriture, l'amour. Ou encore : l'amour naît de la vie qui s'écrit.

Fin 1838, pendant deux mois hallucinés, enfermé rue Caumartin, à Paris, Stendhal jette toutes ses forces dans la bataille de *La Chartreuse de Parme*. Écoutons-le :

« En arrivant à Bologne, Fabrice, se sentant très fatigué, et n'osant, sans passeport, se présenter dans une auberge, était entré dans l'immense église de Saint-Pétrone. Il y trouva une fraîcheur délicieuse ; bientôt il se sentit tout ranimé. »

Voilà son style, dont il dit lui-même qu'il est « horriblement difficile à imiter car il n'est qu'une suite de *nuances* vraies. Il ne vit d'autre chose que d'une suite de *nuances* vraies. »

On peut se demander par quel tour de magie l'auteur libertin du *Satiricon* est devenu un saint, même s'il s'agit d'une homonymie (ou d'une plaisanterie de Stendhal). Fabrice vient de tuer un homme qui voulait le tuer, il a vu valider pour lui le passeport de sa victime alors que son signalement est à l'opposé, bof, Dieu le protège et l'aime. Il se jette à genoux et passe plus d'une heure dans un « extrême attendrissement, en présence de l'immense bonté de Dieu ». Il est sincère, même s'il se cache qu'il est en train de faire acheter pour lui la charge de grand vicaire de l'archevêque de Parme. N'est-ce pas là une *simonie* ? interroge l'auteur qui y voit « le triomphe de l'éducation jésuitique ». Mais non, nuances, nuances, apparences contradictoires. Il sort de l'église :

« Comme après un grand orage l'air est plus pur, ainsi l'âme de Fabrice était tranquille, heureuse et comme rafraîchie. »

Il sort, sans doute, mais il rentre aussitôt, se met de nouveau à genoux, baise « humblement les dalles de pierre ».

« Grand Dieu ! il est possible qu'un jour je sois tué dans quelque affaire ; souvenez-vous au moment de ma mort de l'état où mon âme se trouve en ce moment. »

Ce n'est pas tout : avant de ressortir, il s'approche d'une vieille femme assise devant « une grande madone et à côté d'un triangle de fer placé verticalement sur un pied de même métal » (que vient faire ici ce *delta* ?). Les bords du triangle sont hérissés d'un grand nombre de pointes destinées à porter des petits cierges allumés par la piété des fidèles.

« Sept cierges seulement étaient allumés quand Fabrice s'approcha ; il plaça cette circonstance dans sa mémoire avec l'intention d'y réfléchir ensuite plus à loisir. »

Nuances, nuances… Il demande à la vieille femme combien de cierges on peut placer sur son triangle. Réponse extravagante : « "63, puisqu'il y en a déjà 7 d'allumés." Ah, se dit Fabrice, 63 et 7 font 70, ceci encore est à noter. » Il paie les cierges, place lui-même et allume les 7 premiers, se met à genoux, « et dit à la vieille femme en se relevant : "C'est *pour grâce reçue.*" »

Stendhal s'amuse, mais il est sérieux puisque superstitieux. Voyez-le, à la dérobée, allumer tous ces cierges à Milan ou à Rome. 70 cierges sur un triangle, 7 fois 10 illuminations, pour la madone, mère de *God*, allez-y voir vous-même si vous ne voulez pas me croire.

Ce n'est pas encore tout : Fabrice revient devant ses cierges et sa madone pour rendre « grâce un instant », et, en repartant, donne une pièce de vingt francs au premier pauvre qui lui demande l'aumône (Stendhal a dû faire ça cent fois dans sa vie). Erreur : tous les pauvres se précipitent sur lui pour mendier, c'est « une foule horriblement sale et énergique » qui crie « Excellence ! », le valet de chambre de sa tante (Gina) l'ayant appelé ainsi à haute voix. C'est l'émeute. Fabrice revient sur terre : « Je n'ai que ce que je mérite, je me suis frotté à la canaille »

(*canaille*, le mot qui revient si souvent chez Stendhal).

Nuances, nuances, toutes les nuances sont vraies. Le passage que je viens d'évoquer couvre 6 pages de l'édition que j'ai sous la main (celle de Mariella di Maio) qui, elle-même, en compte 625. Dans l'exemplaire dit « Royer », l'auteur a ajouté ce qui suit à propos de Fabrice :

« La force de sa tendresse pour *God* lui fait penser qu'il en est digne, que *God*, qui n'est pas un ingrat, fait attention à lui, et par *présages* et par *inspiration* daigne lui donner des conseils. *God*, qui voit tout, est sensible à l'amour vrai et héroïque. Cet amour que je ressens est *rare*, se dit Fabrice. »

Je me trompais quand je disais que Stendhal aurait été « horrifié » de me voir allumer deux cierges (un pour Minna, un pour moi) aux Gesuati de Venise. Mais non, il se serait senti parfaitement complice : l'amour *rare* (c'est lui qui souligne) est un trésor.

Encore mieux :

« Cinq heures ont sonné, je suis descendu seul dans Saint-Pierre. Il y a justement un grand banc de bois à dossier vis-à-vis le tombeau des Stuarts (par Canova), où se trouvent ces deux anges si jolis. De là, j'ai vu venir la nuit dans ce temple auguste. À la chute du jour, sa physionomie change de quart d'heure en quart d'heure. Peu à peu tous les fidèles sont sortis, j'ai entendu les derniers bruits, et ensuite les pas retentissants des porte-clefs fermant successivement toutes les portes avec un tapage qui faisait tressaillir. Enfin, l'un d'eux est venu m'avertir qu'il n'y avait plus que moi dans l'église. J'étais sur le point de céder à la tentation de m'y cacher et d'y passer la nuit ; si j'avais eu un morceau de pain et un manteau, je n'y aurais pas manqué. J'ai donné de l'argent au porte-clefs, ce qui m'assure une immense considération pour l'avenir.

Voilà une journée telle qu'aucun autre pays de la terre ne peut la fournir. »

Nuances, nuances... Je n'ai pas raconté à Minna mes trois nuits dans des églises de Venise, et ce que deviennent, d'heure en heure, à travers le silence de plus en plus vaste et profond, les voûtes, les tabernacles, les morts sous les dalles, les cierges éteints, les peintures, les sculptures. Elle découvrira ça dans ce livre, et pensera, avec raison, que je suis fou.

Interventions de Stendhal :

« Le beau d'une passion est la quantité d'émotion. »

« La mort, cette pilule, que je suis assuré de prendre comme il faut grâce à l'orgueil. »

Vingt-sept ans après, il se souvient de sa jalousie pour la jolie Babet, à Vienne, en 1809, et de ce dialogue avec elle. « Tu le recevais dans ta chambre ? — Tout était chambre pour nous, nous étions seuls dans le château, et il avait les clefs. »

Tout était chambre pour nous...

Je ne me vois pas me laisser enfermer pendant une nuit entière dans une église de France, d'Angleterre, d'Allemagne, d'Espagne ou des États-Unis. Fabrice, on s'en souvient, envisageait de se faire « citoyen et soldat républicain en Amérique ». Gina n'est pas d'accord :

« Quelle erreur est la tienne ! [...] Crois-moi, pour toi comme pour moi, ce serait une triste vie que celle d'Amérique. » Elle lui explique donc « le culte du *dieu* dollar, et ce respect qu'il faut avoir pour les artisans de la rue, qui par leurs votes décident de tout ».

Fabrice méprise la vie mondaine, Gina le tient pour un héros. Les voici maintenant en barque sur un lac, ils parlent, la conversation du jeune neveu a sur sa tante un « effet magique », effet réciproque qui va jusqu'au « délire ». L'ajout de l'édition « Chaper » est étonnant (c'est Gina qui parle) :

« Le comte Mosca a du génie, tout le monde le dit et je le crois : de plus, il est mon amant. Mais quand je suis avec Fabrice et que rien ne le contraint, qu'il peut me dire tout ce qu'il pense, je n'ai plus de jugement, je n'ai plus de conscience du moi humain pour porter un jugement de son mérite, je suis dans le ciel avec lui, et, quand il me quitte, je suis morte de fatigue et incapable de tout, excepté de me dire : c'est un dieu pour moi et il n'est qu'ami. »

L'amant a peut-être du génie, mais le neveu est un dieu. Et il n'est dieu que parce qu'il reste « ami ». La véritable liaison sensuelle se glisse dans la parole.

On n'a pas assez remarqué l'éloge de Simone de Beauvoir dans *Le Deuxième Sexe* (1949), « Stendhal ou le romanesque du vrai » :

« Stendhal fait confiance à la vérité ; dès qu'on la fuit, on meurt tout vif ; mais là où elle brille, brillent la beauté, le bonheur, l'amour, une joie qui porte en soi sa justification : personne n'a jamais inventé des femmes comme lui. »

Même éloge dans *Histoires d'amour* (1983) de la belle et subtile Julia Kristeva, « Stendhal et la politique du regard », où l'on comprend que l'amour est, par d'autres moyens, la continuation de la politique. Il y a une politique de l'amour, contraire à l'amour de la politique.

Je connais trois Italiennes de grand talent, dont une musicienne, pour qui la Sanseverina est une amie.

En comptant Minna, bien sûr, dont je suis l'amant et l'ami.

Dieu est peut-être mort, ou il n'a jamais existé, mais l'hypothèse de sa nature angélique subsiste. Stendhal est allé le plus loin possible, et souvent à ses dépens, dans une découverte qui n'est pas encore reconnue comme telle : les questions sexuelles ne sont pas grand-chose pour les femmes, sauf dissimulation d'intérêts, qui peuvent d'ailleurs éclater en passions morbides.

Soyons précis :

« Prendre un amant est une des actions les plus décisives que puisse se permettre une jeune femme. Si elle ne prend pas d'amant, elle meurt d'ennui, et, vers les 40 ans, devient imbécile. Elle aime un chien dont elle s'occupe, et un confesseur qui s'occupe d'elle. »

Il faut évidemment actualiser ce propos : les maris étant, par définition, méprisables (sauf dans le cas de Mme Leuwen qui aime son fils dans son mari), une femme ne ressent l'absence d'amant (c'est-à-dire de son *cœur*) que beaucoup plus tard, disons aujourd'hui à 50 ans. À cet âge-là, elle peut en effet s'occuper d'un chien, de son argent (si elle en a), de ses petits-enfants, et prendre un médecin pour s'occuper d'elle. Ajoutez la pharmacie, les soins de beauté ou la chirurgie esthétique, et vous avez le tableau. Les petits-enfants sont par conséquent la meilleure solution.

Précisons encore :

La décision de l'« amant » doit être prise

avant 50 ans, au plus tard à 30. Mariages, remariages, liaisons passagères, accouchements divers, pensions alimentaires n'ont rien à voir avec ce problème. « Amant » veut dire « ami de mon cœur », c'est la phrase prononcée dans l'obscurité par Clélia dans *La Chartreuse* : « Entre ici, ami de mon cœur. » Cette phrase, pour jouer de façon très sérieuse, Minna me l'a chuchotée, toutes lumières éteintes, quand je suis arrivé, pour la première fois, de nuit, dans l'appartement de la Salute. Elle a ouvert la porte, m'a pris la main, m'a dit ça en riant et sans rire, et on est allés directement sur son lit. On s'était trouvés, on se retrouvait, on se retrouve sans cesse. Personne ne nous surveille (son père avait des relations influentes), la vraie révolution a eu lieu.

Opinion de Chamfort :

« Quand un homme et une femme ont l'un pour l'autre une passion violente, il me semble toujours que, quels que soient les obstacles qui les séparent, un mari, des parents, etc., les deux amants sont l'un à l'autre *de par la nature*, qu'ils s'appartiennent *de droit divin*, malgré les lois et les conventions humaines. »

L'époque de Stendhal était coincée entre la province et l'argent hypocrite. La nôtre doit survivre entre l'argent exhibitionniste et le tourbillon des médias. La nouveauté, énorme, est que deux individus résolument décidés à s'excepter ont toutes les chances d'y parvenir.

La province, c'est « la platitude des désirs, les prétentions puériles, et, plus que tout, la gauche hypocrisie… La politesse empressée, incommode, empreinte de fausseté, puante de mensonge. » Même chose aujourd'hui, dites-vous. Mais non, il suffit de se décaler.

Exemple : tout ce que je fais à Paris, depuis des années, est dirigé depuis Venise. Il suffit ensuite de faire apparaître mon corps, de temps en temps, dans le septième arrondissement ou ailleurs.

Revenons à l'amour impossible, décrit, dans toutes ses nuances vraies, par Stendhal. De l'amour impossible du début du 19e siècle, on passe, au début du 21e, à l'amour possible qui protège jalousement son caractère impossible. Voyons la rencontre « angélique » avec Mme de Chasteller. On découvre :

« Cette nuance de familiarité délicate qui convient à deux âmes de même portée, lorsqu'elles se rencontrent et se reconnaissent au milieu des masques de cet ignoble bal masqué qu'on appelle le monde. Ainsi des anges se parleraient qui, partis du ciel pour quelque mission, se rencontreraient, par hasard, ici-bas. »

Stendhal est sérieux, il a vécu ce qu'il dit. Il ne s'agit pas d'un coup de foudre, mais d'un coup musical : on est dans la même « portée », sur la même longueur d'onde, avec la même clé dans une symphonie que les autres n'entendent pas. Un frôlement de main en dit plus long qu'une étreinte, les cinq sens sont convoqués et se *traduisent* de l'un à l'autre. Dix heures sonnent : c'est le moment où, dans l'obscurité, et sous la table du jardin, Julien prend la main de Mme de Rênal.

Ça peut commencer par de la froideur :

« Cette froideur voisine des flammes, qui semble prête à se changer en bienveillance et même en transports, si vous savez les inspirer. »

Froideur de Minna à New York en début de soirée, et « bienveillance » marquée dans les heures suivantes.

L'ennui, ce serait de tomber sur une femme qui a une « répugnance complète pour certaines choses », cas courant, mais qu'un artiste un peu doué peut faire tourner à son avantage par la négative (« c'est dégoûtant, mais c'est délicieux »). Voyez Mme Grandet :

« L'amour, dans ce qu'il a de plus réel, ne lui semblait qu'une corvée, qu'un ennui. C'était peut-être à cette tranquillité d'âme qu'elle devait son étonnante fraîcheur. »

Même chose pour « Earline », la comtesse Giulia Cini, qui, par crainte de l'enfer, « a une répugnance complète pour certaines choses, l'amour est pour elle comme un dîner officiel pour moi ». L'enfer ? Quel enfer ? Vous savez bien que vous avez été une enfant *spéciale*.

Mme Grandet est belle, mais lourde, et dévorée d'ambition (pas d'amant assez tôt). À son contact, dans son salon, Lucien Leuwen, qui doit faire semblant de l'aimer, note : « Il ne faut jamais dire de mots vifs et rapides, ils passeraient inaperçus. » Bref, c'est une « âme de femme de chambre dans un si beau corps ».

Stendhal est ici très injuste pour les femmes de chambre.

« Mme Grandet, avec cet esprit si romanesque en apparence, portait dans toutes ses affaires une raison parfaite, l'ordre et l'attention d'un petit marchand de fil et de mercerie en détail. »

De plus, elle est bavarde, à l'imitation de Mme de Staël (bête noire de Stendhal). Elle fait des *tartines*. Qu'il s'agisse de religion, de politique, de bonheur, du mariage, etc., « elle ne laisse rien passer sans y clouer son mot. Ce mot est juste, mais il est d'un plat à mourir, quoique exprimé avec noblesse et délicatesse. » Affectation, pas de fond.

Stendhal a souvent des fins de paragraphes foudroyantes. En voici une :

« Rien ne rend méchant comme le malheur. Voyez les prudes. »

Ou alors des débuts offensifs :

« Depuis un mois, Mme de Chasteller avait fait beaucoup pour la vertu, ou du moins pour ce qui en est le signe le plus direct : elle s'était infiniment contrariée. »

Mme de Chasteller a l'air très sage et très chaste, et il vaut mieux qu'elle le reste pour l'enchantement de Lucien. À onze heures du soir, rue de la Pompe, à Nancy, elle le regarde à travers ses persiennes, en respirant par un petit tuyau de réglisse, pendant que Lucien, assis sur le trottoir d'en face, prépare, avec du papier de la même substance qu'il déchire d'un petit cahier, un petit cigare ou plutôt un « *cigarillo* artificiel ». Elle *l'entend* faire ça, et il sait qu'elle est là, qu'elle l'observe. Ils sont en pleine plongée sous-marine, et inutile, ici, d'en dire plus.

Lucien Leuwen avait d'abord pour titre *Le Chasseur vert*, nom d'un rendez-vous de boisson dans la forêt toute proche. Des musiciens (surtout des cors) jouent là des airs de Mozart. Promenade, retenue, distance, musique, bonheur. Lucien, près de sa déesse, est « tout à fait transporté dans le roman de la vie ». Le roman de la vie, c'est là où se passent des choses qui échappent à la société, et qui n'auraient pas lieu, pour Stendhal, dans l'abolition des distances. La communion distanciée intime est une ivresse, et Mozart le dit. On est loin de ce qui se passe à Paris, Bourse, élections, police et corruption à tous les étages, là où on a besoin d'hommes qui comprennent « les diverses valeurs de l'argent aux différentes heures de la journée ». Stendhal est très renseigné sur l'argent et la politique. Il a manié plus d'affaires qu'on ne croit.

Lucien, à la fin du roman inachevé, se retrouve en mission diplomatique vers l'Allemagne, et passe par le lac de Genève. Il visite les lieux où se déroule *La Nouvelle Héloïse*, et, chose difficile à croire, trouve « chez un paysan de Clarens un lit brodé qui avait appartenu à Mme de Warens ». Mme de Warens ! Le grand amour de Jean-Jacques ! Un lit *brodé* ! Maman !

C'est donc le 10 avril 1840, à Rome, que Stendhal écrit ses extraordinaires *Privilèges,* texte longtemps négligé, dont l'édition réelle doit attendre 1961. On peut dire que c'est la nuit du 4 Août à l'envers : la Révolution s'annonce par l'abolition des privilèges dont jouissait la noblesse, la Révolution de Stendhal, plus radicale que celle des « happy few », fait de lui un Privilégié exceptionnel, muni d'un « brevet » divin. Il s'agit de « miracles ». Personne ne se rend compte de rien, et si le Privilégié « voulait raconter ou révélait un des articles de son privilège, sa bouche ne pourrait former aucun son, et il aurait mal aux dents pendant vingt-quatre heures ».

Le Privilégié ne peut pas parler, mais, comme on voit, il peut écrire. Il est en direct avec Dieu, c'est-à-dire « *God* », et l'événement a lieu à « Mero », c'est-à-dire Rome.

Premier miracle : jamais de douleur sérieuse jusqu'à une vieillesse très avancée (raté), mort par apoplexie (réussi), sexe (*mentula*, seul mot en italique avec *God* et *corpus*) « comme le doigt indicateur pour la dureté et pour le mouvement ; cela à volonté ». Ce sexe-doigt a la forme et la grosseur de l'orteil (« avec deux pouces de plus »).

On ne se prive de rien, doigté, mouvement, pénétration quand on *veut*, c'est commode, l'esprit commande, pas de *fiasco* en vue. *Mentula* est au féminin, on y entend « mental », voilà une androgynie réussie. Du calme : usage et plaisir pas plus de deux fois par semaine.

Logiquement, et 20 fois par an, le Privilégié peut se changer en l'être qu'il veut, pourvu que cet être existe (homme ou femme, par conséquent). Et tout de suite, précision capitale : « cent fois par an, il saura pour 24 heures la langue qu'il voudra ».

Le Privilégié parle déjà français, latin, italien, anglais, mais rien ne l'empêche de s'exprimer à loisir en grec, en hébreu, en arabe, en hindi, en russe, en espagnol, en portugais, en chinois. Que de brèves aventures en perspective !

Nouveau miracle : si le Privilégié *serre* une bague qu'il a au doigt en regardant une femme, celle-ci « devient amoureuse de lui à la passion, comme nous croyons qu'Héloïse le fut d'Abélard ». S'il se contente de *mouiller* sa bague de salive, la femme regardée « devient seulement une amie tendre et dévouée ». S'il ôte sa bague, les privilèges cessent. S'il la *frotte* en présence de quelqu'un qui le hait, la haine se change en bienveillance. Pour l'amour-passion, c'est 4 fois par an (quelles années !), 8 fois pour l'amitié, 20 fois pour la cessation de la haine, et 50 fois pour l'inspiration d'une simple bienveillance.

Inspirer 4 amours-passion par an, c'est quand même risqué. D'où la précaution : on enlève la bague, et, comme dans *Les Mille et Une Nuits*, l'erreur éventuelle disparaît.

Le Privilégié, cela va sans dire mais mieux en le disant, a de beaux cheveux, d'excellentes dents, une belle peau jamais écorchée, une odeur suave et légère. « Le 1er février et le 1er juin de chaque année, ses habits deviennent comme ils étaient la troisième fois qu'il les a portés. »

Et ça continue : le Privilégié est très beau, il est excellent au jeu (billard, échecs), il tire bien au pistolet, monte à cheval, fait « des armes dans la perfection ». Quatre fois par an, il peut se changer en l'animal qu'il veut, et, ensuite, se rechanger en homme. Stendhal ne précise pas quel genre d'animal, disons l'aigle, ou, pourquoi pas, le serpent. Ou encore le chien ou le chat, afin d'être caressé, en tout bien tout honneur, par ses maîtresses. Il peut aussi se changer en l'homme qu'il veut, et, « 4 fois par an et pour un temps illimité, chaque fois occuper deux corps à la fois ».

N'oublions pas que le Privilégié, en 1840, se trouve toujours laid, et qu'il est maintenant malade. Les « deux corps à la fois » supposent un même esprit, puisqu'on n'est pas laid lorsqu'on a de l'esprit, mais il vaudrait mieux être « beau » quand même.

Encore une bague ? Oui, on la met dans la bouche et on devient invulnérable. C'est aussi simple que ça (surtout rendant une campagne militaire, genre retraite de Russie). « Il aura dix fois par an la vue de l'aigle et pourra faire en courant 5 lieues en une heure », soit une vingtaine de kilomètres, sans essoufflement (souvenir de Fabrice en train de courir).

Anneau de Gygès qui rend invisible, on est en plein roman fantastique, dans un style précis et sec, comme celui du code civil.

Tous les jours, à 2 heures du matin (c'est le moment des dîners au champagne, rue de Richelieu, chez Mme Pasta, après avoir joué au pharaon), le Privilégié trouve dans sa poche la pièce d'or qu'il faut, et aussi de la monnaie courante d'argent du pays où il réside (Stendhal aurait trouvé naturel de sortir de sa poche une liasse d'euros). Mieux : les sommes qu'on lui a volées (au jeu, notamment) se retrouvent, de nouveau à 2 heures du matin, sur une table devant lui.

Toujours mieux : les assassins, au moment de le frapper, ou de lui donner du poison, auront un accès de choléra aigu de huit jours. Cela dit, le Privilégié, devenu médecin compatissant, pourra abréger leurs souffrances. C'est gentil de sa part.

Huit fois par an, à la chasse, le Privilégié voit un petit drapeau lui indiquant la présence exacte du gibier. Une seconde avant que le gibier parte, le petit drapeau devient lumineux. Bien entendu, le petit drapeau reste invisible pour les autres chasseurs. Sur quoi le Privilégié, l'air modeste, triomphe.

Toujours huit fois par an, un drapeau lui indique les statues qui sont cachées sous terre, sous les eaux, ou dans les murs. Le Privilégié fouille, il trouve, il sait d'emblée quand et par qui elles ont été faites, et le prix qu'on peut en tirer (Stendhal s'est amusé à ce genre de sport dans la campagne de Rome). Mais, pour bien montrer qu'il n'est ni fétichiste ni collectionneur, il a le pouvoir de changer ces statues en balles de plomb (ce détail aurait épouvanté son collègue Vivant Denon, à qui on doit le musée du Louvre).

Comme le Privilégié voyage beaucoup, il a besoin, à l'époque, de chevaux qui ne soient jamais malades et ne tombent jamais, autrement dit de voitures, d'avions privés ou d'hélicoptères qui ne tombent jamais en panne, n'ont pas d'accidents, et fonctionnent tout seuls. À cheval, le Privilégié ne fait qu'un avec sa monture et lui inspire ses volontés (même chose, plus tard, avec les moteurs). « L'animal, ainsi uni avec le Privilégié, aura des forces et une vitesse triples de celles qu'il possède dans son état ordinaire. »

Allons plus loin : « Le Privilégié transformé en mouche, et monté sur un aigle, ne fera qu'un avec cet aigle. »

Stendhal a pu imaginer qu'il n'était qu'une mouche sur l'épaule de l'aigle Napoléon (mouche du coche), mais son écriture manuscrite étant très difficilement lisible, il était obligé de dicter. Des pattes de mouche écrites à l'aigle, il n'y a cependant qu'un pas, comme le prouve ce dessin dans le dossier de *Lamiel* :

1840

[*1er-20 janvier*
Rome.]

[*R 298, II, f° 3, page de titre du manuscrit d'octobre 1839. Le copiste de Stendhal portait vraisemblablement le nom de Laigle ou de quelque autre oiseau de proie.*]

Le Privilégié n'a pas le droit de voler, en revanche il a celui de tuer, cela le soulage. « Dix êtres humains par an » : c'est peu dans une bataille napoléonienne, mais beaucoup dans la vie civile. Attention : il ne peut pas tuer un être humain (homme ou femme) à qui il aurait parlé. Ou plutôt :

« Pour la première année, il pourra tuer un être, pourvu qu'il ne lui ait pas adressé la parole en plus de deux occasions différentes. »

Avoir parlé à quelqu'un plus de deux fois dans des occasions différentes le sauve d'une exécution impromptue. On lui a parlé, c'est donc *quelqu'un d'autre.* Il existe, par la parole, on l'absout. J'aurais personnellement plutôt tendance à supprimer mon prochain quand il parle (tympans trop sensibles depuis l'enfance, fanatisme musical constant).

Anéantir les insectes nuisibles par un tour de bague est très bienvenu. À six mètres de la bague du Privilégié, c'est un charnier d'insectes, dont la liste est cocasse : « puces, punaises, poux de toute espèce, morpions, cousins, mouches, rats, etc., etc. ».

De même :

« Les serpents, vipères, lions, tigres, loups, et tous les animaux venimeux, prendront la fuite, saisis de crainte, et s'éloigneront d'une lieue. »

L'article 16 des *Privilèges* est splendide puisqu'il fait apparaître une bouteille de vin de Bordeaux :

« En tout lieu [même en prison, donc], le Privilégié, après avoir dit "je prie pour ma nourriture" [donne-nous notre pain de ce jour], trouvera : deux livres de pain, un bifteck cuit à point, un gigot idem, une bouteille de Saint-Julien, une carafe d'eau, un fruit, une glace, et une demi-tasse de café. Cette *prière* [je souligne] sera exaucée deux fois dans les vingt-quatre heures. »

Stendhal mange trop : un bifteck plus un gigot, c'est lourd. Le gigot suffirait, un poisson serait préférable, et il ne mentionne pas sa passion durable pour les épinards. En revanche, fruit, glace, café : parfait.

Dix fois par an, le Privilégié, décidément en grande forme, peut atteindre au fusil, au pistolet, ou avec n'importe quelle arme, l'objet de son choix. Sa force est double de celle de son adversaire quand il se bat, mais il ne peut pas infliger, pendant plus de cent heures, une blessure causant mort, douleur, ou désagrément. Je tue, mais sans plus. Je diminue la douleur, je prolonge la vie de dix jours, je peux obtenir qu'un être souffrant, si je le demande, ait une mort subite et sans douleur.

Je peux aussi (article 19) changer un chien en une femme, belle ou laide. Cette femme me donnera le bras (à quoi bon si elle est laide ?), et elle aura soit de l'esprit comme X, soit du cœur comme Y (Y est ici Mélanie, l'amour de jeunesse de Stendhal).

Un chien peut aussi devenir un homme, ça change. À ce moment-là, il a de la « tournure » et de l'esprit comme un « médecin juif ».

« Le Privilégié ne sera jamais plus malheureux qu'il ne l'a été du premier août 1839 au premier avril 1840. » Là, il s'agit de l'abandon que lui fait subir Giulia Rinieri, la seule femme qu'il a demandée en mariage. Mais l'ombre peut venir aussi de la mystérieuse Earline (« last romance »).

Contre-attaque immédiate : « Deux cents fois par an, le Privilégié pourra réduire son sommeil à deux heures qui produisent les effets physiques de huit heures. Il aura la vue d'un lynx et la légèreté de Debureau [mime célèbre à l'époque, ressuscité dans un film du début du 20e siècle, *Les Enfants du paradis*]. »

La chose est jouable : j'ai fait ça plus de deux cents fois par an. Après quoi, légèreté plus qu'étrange, passant de somnambule à funambule. Drôles de journées bleutées.

Article 21 : « Vingt fois par an, le Privilégié pourra deviner la pensée de toutes les personnes qui sont autour de lui, à vingt pas de distance [*horreur*]. Cent vingt fois par an, il pourra voir ce que fait actuellement la personne qu'il voudra [*quel ennui*] ; il y a exception complète pour la femme qu'il aimera le mieux [*il vaut mieux*]. Il y a encore exception pour les actions sales et dégoûtantes [*Stendhal toujours décent*]. »

Le Privilégié ne gagne pas plus d'argent qu'on a dit (à l'époque, soixante euros par jour). C'est modeste, ça interdit toute spéculation en Bourse, le Privilégié ne verse pas dans le délit d'initié, et n'a aucune envie d'être *trader* dans une banque.

« Cent cinquante fois par an, il pourra obtenir, en le demandant, que telle personne *l'oublie* entièrement [c'est moi qui souligne cette ruse]. »

Enfin, le dernier article :

« Dix fois par an, le Privilégié pourra être transporté au lieu où il voudra, à raison d'une heure par cent lieues ; pendant le transport, il dormira. »

Aucun doute, il repart aussitôt pour Rome, et, plus tard, pour Venise. Je vais voir comment il va ce matin, mais il dort.

Sur sa table, une note presque illisible :

« Sur toutes choses, même sur l'heure qu'il est, je pense le contraire des habitants de ce pays. »

Ce pays, ce n'est pas seulement la France ou l'Italie du 19e siècle, mais désormais le monde entier, la planète supertechnique du 21e, où la bêtise provinciale reste la même, quelles que soient les modifications d'appareils. La vérité, c'est que la description de cette société en rotation n'a plus le moindre intérêt, de même que les individus qui l'habitent. Que des milliers de romans s'essoufflent encore n'a plus aucun sens, on sait tout d'avance. En revanche, les vrais personnages romanesques deviennent les penseurs ou les artistes de tous les temps, surtout les écrivains, qui, lorsqu'ils ont été vraiment inspirés, n'en font qu'un. Les Privilégiés sont uniques, chaque parcelle de leur temps est unique, et pourtant ils sont le même aventurier, dans des corps et des moments différents. Le fluide sacré de la fiction ponctue leur destin. Souvent, Stendhal commence à écrire vers 2 heures de l'après-midi, et s'aperçoit soudain qu'il est 6 heures et demie. Qu'ont fait les autres pendant ce temps-là ? Les moutons. « Je ne suis pas mouton, ce qui fait que je ne suis rien. » Eh bien, parlez-nous de ce *rien*.

Je reste sur les quais rougis de soleil jusqu'à ce que la nuit tombe. Au bord des larges escaliers de marbre plongeant dans l'eau, les algues deviennent de plus en plus noires, et les piquets de bois du canal mercuriel ont l'air de s'élancer vers le ciel. Encore une fois, la grande certitude m'enveloppe. Je suis assis, à l'écart, dans ce quartier isolé de Venise, je vais rentrer dans un appartement où Minna m'attend, penchée sur son ordinateur. Bateaux illuminés dans l'ombre, barques amarrées tirant sur leurs cordes, derniers passants, bruits sourds, fermeture des volets. Neuf coups au clocher des Gesuati, là-bas, pour dire l'heure. Dîner de friture de poissons avec bouteille de bordeaux. Encore quelques lignes à la main, velours et silence, et puis sommeil, et puis soleil, et puis bonheur.

Je demande à Minna ce qu'elle pense des lettres de Stendhal à Matilde-Métilde, sa lointaine parente perdue sans mots dans le temps. Elles datent de 1818-1821, au plus fort de la passion de M. Beyle pour cette beauté dont nous ne connaîtrons jamais le visage, mais, après tout, c'est peut-être celui de Minna, là, brune et noire, hâlée par les courses en mer, sérieuse et souriante, *bienveillante*, même quand elle dort.

Ces lettres, elle les connaît, bien sûr, elles sont réunies en appendice de *De l'amour.* Stendhal les a conservées comme preuves de sa folie romantique, mais Minna n'a pas envie de les relire, sauf pour en rire de façon troublée. Le moins qu'on puisse dire est que le pauvre « Henri » (c'est comme ça qu'il signe ses lettres à « Madame ») ne s'y montre pas à son avantage. Matilde ne lui écrit qu'une fois pour lui demander de ne plus lui écrire, elle cherche à le *semer*, elle le trouve importun, indiscret, fastidieux, ennuyeux, imprudent, harceleur, et, finalement (reproche suprême), *prosaïque.*

Le raisonnement de Stendhal, très sincère mais aveugle, est le suivant : je vous aime, je suis au désespoir de votre refus, *donc* vous devez m'aimer et vous devriez en prendre conscience. Plus vous augmentez votre froideur, plus je brûle. Coup classique : je vous désire d'autant plus que vous ne me désirez pas.

N'employons pas trop vite les termes de « masochisme » ou de « sado-masochisme », même s'il est clair qu'Henri veut *passer par là.* Ce langage est devenu comique, ce n'était pas la bonne stratégie ? Mais qui peut dire que c'était calculé pour marcher ? Ça ne marche pas parce que c'est impossible, drogue empoisonnée, mais aussi délicieuse. Minna se serait tenue à l'écart, comme Matilde, de ce drôle d'Henri. Mais de Stendhal lui-même ? Elle rit.

« Je suis brave jusqu'à votre salon, dès que je vous aperçois, je tremble. Je vous assure qu'aucune autre femme ne m'a inspiré ce sentiment depuis longtemps. »

Déclaration maladroite : s'il a déjà eu, dans le passé, une expérience de ce genre, à quoi bon la répéter ? Au lieu de « depuis longtemps », il aurait dû écrire « jamais ». Mais non, « jamais » n'aurait pas non plus fonctionné. Peut-être

Matilde serait-elle curieuse d'apprendre comment une autre femme a pu déclencher, autrefois, une telle tempête d'amour ? Pauvre ruse qui n'échauffe pas la froide Matilde qui, de toute évidence, mère et désillusionnée, a fait une croix sur son corps.

« Il y a des moments, dans les longues soirées solitaires, où, s'il était besoin d'assassiner pour vous voir, je deviendrais assassin. »

Un point marqué. Mais le scandale, le bruit, les convenances, la réputation, la police ? Il est fou, c'est clair, mais qu'ai-je à faire d'un fou qui n'est pas beau ? Et même s'il était beau ?

« Ne plus vous voir est un sacrifice plus difficile à supporter que les supplices les plus horribles ; c'est un sacrifice qui, par l'extrême douleur de la victime, est digne de la femme sublime à laquelle il est offert. »

Là, Matilde se frotte les yeux : elle trouve qu'elle n'a rien de sublime, et que ce mauvais opéra où elle serait prêtresse sacrificatrice ne lui convient pas. Elle n'a pas envie d'*égorger* Henri, il n'est pas assez séduisant pour ça.

« J'adore votre susceptibilité extrême qui me fait passer de si horribles nuits. »

Une fibre de cruauté va-t-elle enfin s'éveiller chez Matilde ? A-t-elle de l'imagination ? Peut-être, mais pas celle-là. En somme, elle est très peu *stendhalienne*, très loin de la Sanseverina. Et puis comment accepter ces propos déplacés :

« Combien ai-je eu de maîtresses en cinq ans à Milan ? Combien de fois ai-je faibli sur l'honneur ? »

Il a quand même 35 ans, ce grand garçon qui s'est très bien comporté pendant les campagnes napoléoniennes. Mais enfin, Matilde ne lui demande pas s'il a « faibli sur l'honneur » (ahurissante expression), pas plus que Minna ne me poserait aujourd'hui la moindre question sur ma vie et mes aventures. Matilde, en réalité, prend très mal cette remarque :

« Faire l'amour à une femme ordinaire ? La seule idée me révolte et j'en suis incapable. »

Il aurait mieux fait d'écrire, à tout hasard : « J'ai envie de vous faire l'amour comme à une femme ordinaire. »

Nous savons que Matilde est « libérale » en politique, et pas dévote. Est-elle prude à ce point, ou bien Stendhal a-t-il besoin de l'imaginer ainsi ? Les deux, sans doute. Nous sommes chastes, vous et moi, donc nous sommes faits l'un pour l'autre dans l'amour-passion qui transcende les corps. Allons, allons, pense malgré tout Matilde.

« Le cœur qui est embrasé des flammes d'un volcan ne peut plaire à ce qu'il adore, fait des folies, manque à la délicatesse et se consume lui-même. Je suis bien malheureux. Henri. »

La vérité est qu'à ce moment-là Henri est un enfant perdu, et que Matilde, avec la meilleure volonté du monde, ne peut pas réincarner sa mère, Henriette. D'autant plus enfant perdu que son ennemi personnel depuis l'enfance, son père, Chérubin Beyle (quel prénom !), vient de mourir en le laissant à moitié ruiné.

Lettre datée de Grenoble, 15 août 1819 :

« Tout ce que la haine la plus profonde, la plus implacable et la mieux calculée peut arranger contre un fils, je l'ai éprouvé de mon père. Tout cela est revêtu de la plus belle hypocrisie. »

Nouvelle erreur : il n'a pas d'argent, il ne voudrait quand même pas être pris en charge ? Matilde va-t-elle enfin *s'apitoyer* ? Dernière bouée :

« Adieu, Madame, soyez heureuse ; je crois que vous ne pouvez l'être qu'en aimant. Soyez heureuse, même en aimant un autre que moi. Je puis bien vous écrire avec vérité ce que je dis sans cesse :

La mort et les enfers s'ouvriraient devant moi
Phédime, avec plaisir j'y descendrais pour toi.

Henri. »

De la mauvaise poésie, maintenant : un comble.

La dernière lettre à Matilde est datée du 3 janvier 1821. Il demande humblement à « Madame » de la voir un quart d'heure « une de ces soirées ». Capitulation :

« Je me sens accablé par la mélancolie. Mon amitié sentira tout le prix d'une marque de bonté dont le public ne s'occupera certainement pas. Vous pourrez vous livrer sans danger à la générosité de votre belle âme. Je ne serai pas indiscret ; je ne prétends rien vous dire ; je serai aimable. Je suis avec respect

D. »

Pourquoi « D » ? Est-ce « Dominique », le pseudo préféré de Stendhal ? « Darlincourt », autre nom de code ? Que ne donnerait-on pas pour avoir été témoin, en connaissance de cause, de ce *quart d'heure* à Milan, le soir ! Cette fois, Minna est vraiment émue, et on va aller s'enivrer calmement sur le ponton du *Linea d'ombra*, où, par chance, il n'y a presque personne. La musique diffuse en sourdine un vieil air lent de Sarah Vaughan. La nuit et l'eau, sous la lune, nous enveloppent.

Stendhal n'a pas pu éveiller chez Matilde des désirs incestueux. Or le véritable amour est toujours de couleur incestueuse. La preuve : Minna, mon enfant vénitienne, ma sœur. Une femme au début du 21e siècle est-elle moins coincée qu'une femme en 1820 ? Dans le cas de Minna, oui. Sinon, c'est moins sûr.

Les allusions de Stendhal au 18e siècle abondent, par exemple dans *Henry Brulard* : « Mme Cardon avait encore la gaieté de 1788, cela scandaliserait notre pruderie de 1836. » La gaieté de 1788… Celle de 1920… La lourde régression de 1940… La grande gaieté de 1968… La massive violence du cinéma morbide… La sinistre agitation publicitaire et exhibitionniste des années 2000… L'infernal retour de la pruderie…

Voyons ce qui se passait clandestinement dans le sud-ouest de la France, entre 1783 et 1786. On vient de retrouver aux Archives nationales un tas de lettres d'amour adressées à son cousin par une jeune femme noble de 25 ans, Rose. La plupart sont codées pour échapper à la surveillance locale, et elles dormaient là, en vrac, avec une mèche de cheveux blonds tressée à un ruban bleu. Étrange cousine, qui, parfois, se promène dans « le temple de la nature », voit des « arbres aux branches d'un vert tendre », « un ciel lilas entre les feuilles », et qui respire « un air de fraîcheur et de force comme on pouvait le souhaiter ».

« La nuit m'arrache à tous mes plaisirs, elle a tiré le rideau sur tout ce qui m'enchantait, elle arrête ma main qui voulait écrire encore, je t'aime, je t'aime, je me presse de te le dire avant qu'elle vienne m'en empêcher. »

Et ça continue :

« La nature ne forme chaque être qu'à demi, elle lui en destine un autre que la sympathie lui fait connaître sans lequel il n'y a qu'insuffisance, vide et ennui. Je suis le tien, tu es le mien. Sans ton amour, je me meurs. Ce sentiment magique me donne tout à coup la vie, la santé, les grâces. Je n'en ai pas de naturelles, elles sont ton ouvrage. J'aime bien mieux que mon amour les crée en moi. Oui, c'est toi que j'adore. »

Vous avez bien lu : la nature veut qu'une cousine aime son cousin. Ça va mal finir, bien entendu ; le cousin, de moins bonne noblesse, boit trop et meurt en duel. Rose se marie, a des enfants, traverse pauvrement la Révolution, et meurt à 93 ans, en 1850.

N'empêche : le feu de la passion est là, à travers cette belle écriture pressée, criblée de chiffres :

« Je n'aime pas les gens mélancoliques, je dois aller te voir demain, prépare-toi dès aujourd'hui à me faire gracieuse mine, je veux te voir un visage riant, je te jugerai en entrant et, si je n'en suis pas contente, je m'en retournerai aussitôt. »

Ou encore :

« Je te cherche au milieu de ton ennui, actuellement mon esprit se rapproche de toi, je te pense selon mon cœur, pense donc que je te regarde, que je franchis les lieux qui nous séparent, que je ne te quitte plus… Sans prononcer un mot, je fais passer en toi toute mon agitation… Je suis donc là tout près de toi, mon regard pénètre jusqu'à ton cœur… »

Nul besoin de traduire ça en langage physiologique moderne.

Et ainsi de suite :

« Je t'aime depuis que je respire et pour la vie. »

« Plus l'amour est mystérieux, plus il a de charmes… S'il était su, mon bonheur s'affaiblirait. »

« Il suffit que deux cœurs s'entendent, ils ont mille moyens de communiquer sans le secours de la parole. »

Et enfin, ce conseil d'une cousine à son cousin :

« Sois irréprochable, dès que tu seras content de toi-même, tu te croiras moins malheureux. Tu cesseras même de l'être. »

Aucun doute : la civilisation a eu lieu.

Au printemps 1809, Stendhal est à Vienne avec l'armée française. Napoléon règne sur l'Europe, le mouton français est à son apogée.

Et maintenant, pas trop déprimé, le mouton ? Mais non : j'aime l'électricité, le téléphone, l'information instantanée, la démocratie, à condition d'être heureux, libre, et de ne pas m'ennuyer (mais je ne m'ennuie jamais, sauf dans un contexte de grossièreté, d'ignorance, de fanatisme ou de bêtise). La protection de la Salute, à Venise, me suffit.

Le 20 juin 1832, à Rome, Stendhal, « forcé comme la Pythie », commence donc ses *Souvenirs d'égotisme.* Il les achève le 14 juillet, soit trois semaines pour un manuscrit de 270 pages. Moins mouton et plus rapide, tu meurs. Le 20 juin, il note : « 15 pages en 1 heure. » Le samedi 23 : « Veille de la Saint-Jean, *made* 30 pages. » Le 3 juillet : « Fatigué après 26 pages. »

La vitesse d'exécution de Stendhal est connue (elle ressemble à celle de Mozart et de Nietzsche). Le 3 septembre 1838, il note : « I had the idea of the *Chartreuse.* » Le 4 novembre, il se cloître dans son appartement du 8 rue Caumartin, à Paris, et en ressort le lendemain de Noël, le 26 décembre, 52 jours de composition pour 6 énormes cahiers (que nous n'avons pas). Ensuite, comme son écriture est le plus souvent illisible, il dicte. À qui, cette fois ? Peu importe, à lui-même. Il s'écoute, il sait tout par cœur, il s'entend, il voit. D'abord la main à toute allure, l'oreille interne, la pensée, ensuite la résonance vocale externe, l'architecture vérifiée. On ne l'imagine pas tassé devant un ordinateur : il se lève, il marche, il joue son roman. La musique d'horizon est de Haydn ou de Mozart. Vous la faites entendre, et Stendhal est immédiatement là, attablé au *Chasseur vert* ou au *Linea d'ombra.*

Malgré l'opposition de son Chérubin de père, se ruinant dans l'agriculture de ses terres, il a appris la musique qu'il a beaucoup entendue en Allemagne, entre 1806 et 1810, et en Italie, entre 1814 et 1821.

À 16 ans, « j'appris successivement à jouer du violon, à chanter et à jouer de la clarinette. De cette dernière façon seule, j'arrivai à produire des sons qui me faisaient plaisir. Mon maître, un bon et bel Allemand, me faisait jouer des cantilènes tendres. Qui sait ? Peut-être il connaissait Mozart ? C'était en 1797, Mozart venait de mourir ». Stendhal se trompe : il a 14 ans et non pas 16, en 1797, et Mozart est mort, en effet, en 1791.

En 1806, en défilant à cheval à Iéna, et en levant la tête, il aurait pu voir le philosophe Hegel regarder passer sous ses fenêtres Napoléon comme l'« esprit du monde ». C'était vrai. Julien, dans *Le Rouge*, cache un portrait de Napoléon sous son lit, et Mme de Rênal se demande si, dans cette boîte secrète, Julien ne dissimule pas l'image d'une maîtresse. Stendhal a « adoré » Napoléon, c'est son moment de plus grande aisance personnelle malgré les batailles. Mais son jugement change avec le temps. D'abord, Bonaparte, en devenant Napoléon, « a volé sa liberté à la France », c'était un tyran. Par la suite, il est tombé dans des « niaiseries monarchiques », noblesse d'Empire, Légion d'honneur, falsifications et antichambres de toutes les Restaurations.

Cette « chose si antipathique au caractère français : la *musique*. L'abbé Geoffroy, de bien loin le plus spirituel et le plus savant des journalistes, appelait sans façon Mozart *un faiseur de charivari*. Il était de bonne foi, et ne sentait que Grétry et Monsigny, qu'il *avait appris* ».

Rien à faire, le Français est *scolaire.* Il a tendance à ne sentir que ce qu'il a appris. S'il n'apprend plus rien (l'école étant dévastée), il ne sent plus rien, il devient mûr pour le bruit.

Le jeune Stendhal s'aperçoit vite qu'il ne sera jamais un interprète musical, même modeste, mais il note que des interprètes professionnels s'étonnent qu'il connaisse si bien la musique sans savoir jouer. En effet, ce sont deux choses très différentes, et il est banal de constater que beaucoup de musiciens sont incapables de sentir vraiment les notes qu'ils viennent de faire vibrer.

« Le hasard a fait que j'ai cherché à noter les sons de mon âme par des pages imprimées. »

« J'écris chaque matin ce qui se trouve devant moi dans le libretto. »

La *musique,* le secret du roman de la vie est là, et on comprend que tout soit fait pour l'empêcher ou le noyer dans un vacarme continuel. Le Diable n'est pas musicien, il ne compose pas, il a horreur de l'amour, il crie, il bavarde, il se convulse, il fait masse. C'est *en musique* qu'on observe, devine, démasque, trouve. Matilde devait avoir une jolie voix plutôt basse (comme celle de Minna). Tout ce qui *blesse* l'oreille est faux. Ainsi de Mme Lavenelle, pas du tout avenante, femme d'un « terroriste » de 1793 :

Elle « était si libertine, si amoureuse de l'homme physique, qu'elle acheva de me dégoûter des propos *libres* en français. J'adore ce genre de conversation en italien ».

Mme Lavenelle, en effet, « est sèche comme un parchemin et d'ailleurs sans nul esprit, et surtout sans *passion*, sans possibilité d'être émue autrement que par les belles cuisses d'une compagnie de grenadiers défilant dans le jardin des Tuileries en culottes de casimir blanc ».

Une jeune femme maligne évite ainsi soigneusement les propos « libres » tandis que, chez une femme mûre, ils deviennent ridicules ou horripilants. Les propos « libres » entre hommes deviennent vite sinistres, et révèlent, sauf humour léger, une absence de liberté. Et puis, il y a ce paradoxe : une voix dit des choses intelligentes avec un ton bête, une autre dit des choses très bêtes avec une voix d'intelligence aiguë. Affectation, mièvrerie, niaiserie, chichi, récitation mal comprise, vague à l'âme, clichés, pose, pruderie, prétention, toute la gamme du mauvais roman de l'existence se révèle.

Voyez Mme de Montcertin : elle a deux amants, l'un pour la ville, l'autre pour la campagne, « aussi disgracieux l'un que l'autre ». Des jeunes filles lui demandent ce qu'est l'amour, et elle répond :

« C'est une vilaine chose sale dont on accuse

quelquefois les femmes de chambre, et, quand elles en sont convaincues, on les chasse. »

Stendhal ajoute qu'il aurait pu faire le galant avec elle, « ce n'était pas dangereux », mais qu'il la considérait comme une *chose*, pas comme un être. De plus, « elle s'en tenait à ses deux hommes, et avait une peur effroyable de devenir grosse ».

Et maintenant des jeunes filles à Paris :

« Toutes ces figures blondes disaient des choses *parfaitement convenables*, mais pour moi à dormir debout, accoutumé que j'étais aux yeux parlants et au caractère décidé des belles Milanaises. »

Des yeux parlants, un caractère décidé : Minna, ma belle Vénitienne.

N'empêche, Stendhal a des préjugés : une femme, on l'a « eue » ou pas. Plus drôle encore : on peut la « manquer » (terme de chasse). C'est là où la scène du *fiasco* au bordel, avec ses amis, tient du comique lourd. Quelle idée, aussi, de se relayer pour baiser la même jeune femme délicieuse qui, de plus, s'appelle Alexandrine comme la comtesse Daru ! En entrant dans sa chambre, Stendhal pense aussi à sa Métilde, deuxième inhibition. *Succéder* à un autre homme fait surtout jouer l'interdit homosexuel. Henri « manque » donc Alexandrine, et lui propose un

« dédommagement » avec la main. Elle s'y « prête », dit-il, mais quand il veut recommencer, elle refuse. Comme si une prostituée était là pour jouir avec ses clients !

Depuis cet épisode, qui amuse beaucoup ses camarades, il passe pour « Babilan », c'est-à-dire impuissant. Ce n'est pas son étrange roman, *Armance*, qui arrangera sa réputation. Désormais, tout le monde répétera ça comme une évidence *prouvée*, alors que c'est lui-même qui en parle avec désinvolture. « Impuissant » au sens du sabre viril pénétrant, peut-être. De là à le traiter de « lesbien », c'est vouloir se débarrasser de la question.

Il est plus calme à Londres, Stendhal, avec ses jeunes prostituées dont l'une, miss Appleby, « charmante, petite, bien faite, pâle », le séduit par sa gentillesse. Enfin des soirées « bonnes, douces, tranquilles », où il fait venir des gigots, du champagne, du vin.

« La fille pauvre, chez laquelle je passais les soirées, m'assurait qu'elle mangerait des pommes et ne me coûterait rien si je voulais l'emmener en France. »

Ces soirées « bonnes, douces, tranquilles » évoquent presque des scènes conjugales en province. Mais Stendhal ne dort que d'un œil :

« Le mariage et surtout la province vieillissent étonnamment un homme : l'esprit devient paresseux, et un mouvement du cerveau, à force d'être rare, devient pénible et bientôt impossible. »

La grande peur de Stendhal : devenir « étiolé », sans énergie, sort de plus en plus réservé aux hommes sur la province Terre.

Il a quand même ses succès, Stendhal. Le 27 janvier 1830, Giulia Rinieri lui fait une déclaration d'amour et passe à l'acte, ce qui le console un peu de la rupture avec Clémentine Curial, l'inoubliable « Menti ». Beaucoup plus tôt, entre 1811 et 1814, il vit à Paris avec Angeline Béreyter, « actrice chantante qui, chaque soir à 11 heures 1/2, venait s'établir dans mon lit. Je rentrais à une heure, et nous soupions avec une perdrix froide et du vin de Champagne ».

Pas mal, mais il dira plus tard qu'il ne l'aimait pas. En réalité, il aura voulu épouser Giulia, laquelle se marie judicieusement avec un autre. Il la revoit pourtant tendrement en 1838, 1839, et même en 1840.

Le plus beau succès est furtif, intense, et on ne sait même pas de qui il s'agit :

« Je ne l'aimais pas assez pour oublier que je ne suis pas beau. Elle l'avait oublié. À l'un de mes départs de Paris, elle me dit au milieu de son salon : “J’ai un mot à vous dire”, et, dans un passage qui conduisait à une antichambre où, heureusement, il n’y avait personne, elle me donna un baiser sur la bouche. Je le lui rendis avec ardeur. Je partis le lendemain, et tout finit là. »

Une excellente et profonde raison de garder des contacts de vive imagination avec les femmes concerne l’art. Regardez ce *par conséquent* :

« Si j’avais été habile, je serais dégoûté des femmes jusqu’à la nausée, et, par conséquent, de la musique et de la peinture, comme X ou Y. Ils sont secs, dégoûtés du monde, philosophes. Au lieu de cela, dans tout ce qui touche aux femmes, j’ai le bonheur d’être dupe comme à 25 ans. »

Stendhal, tout en admirant la nature végétale anglaise (« rien n'est égal à la fraîcheur du vert en Angleterre et à la beauté des arbres »), pense plutôt au suicide qu'à son avenir. Il est plus que jamais dans Shakespeare (« seul écrivain lisible »), et le fait d'écrire plus tard Henry au lieu de Henri pour *Vie de Henry Brulard* marque ce rêve. Il parle beaucoup de cette époque de désespoir où il voulait « se brûler la cervelle ». L'expression revient, le mot *brûler* aussi. Ce Brulard brûle, c'est une tête brûlée qui mérite d'être brûlée.

On a été à deux doigts de ce suicide, et il en parle un jour à un ami anglais qui lui fait valoir qu'on cherchera les raisons, que la presse s'en mêlera, bref qu'il fera beaucoup de bruit pour pas grand-chose. À quoi Stendhal répond qu'il a une autre solution : habituer les gens, pendant un certain temps, à voir ce Français sortir en bateau avec des pêcheurs, et puis, un jour de gros temps, « on tombe à l'eau par accident ».

M. Henri Beyle disparaît en mer…

Finalement, pourquoi ne pas se suicider ? Il pourrait même être *amusant* de mourir. Stendhal dit qu'il a hésité par « curiosité politique ». Son époque, en effet, permettait ce genre d'intérêt (la révolution de 1830 l'a passionné, et a retardé la parution du *Rouge*). Mais aujourd'hui ? Qui pourrait avoir la moindre « curiosité politique » ? Contrairement à ce que veulent faire croire les charlatans de tous bords, c'est rideau pour la politique. En revanche, une raison de ne pas en finir touche les *arbres*. Stendhal, on l'oublie, est un fanatique des arbres, et quand il est enfermé dans un bureau à copier des dépêches, seuls les *tilleuls*, par les fenêtres, vivent pour lui.

On peut se suicider par amour, idiotie notoire. On peut aussi *ne pas* se suicider par amour. Pour tout avouer ici à la lectrice ou au lecteur « bénévole », ça m'est arrivé au moins trois fois. À 22 ans, vertige suicidaire, grand amour sauveur. À 30 ans, nouvelle crise, nouvel amour. À 50 ans, encore une crise, amour. La mort envisagée est chaque fois différente, c'est toujours l'absurde et le non-sens, d'accord, le grand dégoût, d'accord, mais jamais l'abstention n'a été due à la « curiosité politique ». Je connais ainsi un acacia qui, à plusieurs reprises, m'a sauvé la vie.

L'amour est fort comme la mort, dit la Bible. C'est très vrai, mais personne n'y fait attention. L'amour meut le Soleil et les autres étoiles, dit Dante à la fin de son *Paradis.* C'est très vrai aussi, mais, dit aujourd'hui, paraîtrait ridicule. Or Stendhal attache une grande importance au fait que sa mère, morte à 33 ans « en couches » et « prononçant son nom », était une lectrice de Dante, chose très singulière à son époque. Henriette, mariée au pieux Chérubin (qui n'arrête pas de l'engrosser, en somme), lit *La Divine Comédie.* Sa sœur Séraphie, au contraire, l'« aigre dévote », la « méchante folle » qui hait son neveu Henri, ne lit rien. Chérubin, Séraphie et le sombre précepteur, l'abbé Raillane, pourrissent la vie du petit Henri. Ils n'iront pas au paradis.

N'oublions pas qu'Henri (ou plutôt Henry) est un *déclassé,* avec, souvent, des pistolets dans ses poches. Enfance persécutée, vertu des mathématiques contre l'hypocrisie, campagnes militaires à hauts risques, éblouissement italien, exil à Civitavecchia, et, finalement,

Rome. Tous les chemins, surtout ceux qui ne semblent aller nulle part, mènent à Rome. Si Stendhal, dans ses *Chroniques italiennes*, s'emploie à ressusciter la Rome énergique et tragique du passé (Alexandre Farnèse), c'est pour faire honte à ses contemporains, Français aplatis par la petite corruption et l'ignorance réactionnaire. S'il avait vécu 150 ans de plus, peut-être serait-il arrivé au savoir absolu du mort rajeuni tranquille. Ce dernier reste indépendant, se cache le plus possible pour éviter les aigreurs locales, choisit avec soin ses habitations et ses relations, par exemple à Venise, une charmante jeune femme du nom de Minna Viscontini.

Une amie, un soir, à Rome :

— Il paraît que vous voyez parfois Minna Viscontini à Venise ? Je l'ai rencontrée il y a une dizaine d'années à Princeton pour un colloque Stendhal. Son édition italienne des *Privilèges* est remarquable. Elle est professeur à Milan, je crois ? Brune, pas très grande, jolie ? Elle a eu une petite fille, non ? Au fait, vous regardez quoi, en premier, chez une femme ? Les mains, le regard, les jambes, *l'air* ? Ah bon, les *genoux* ? Les genoux disent tout d'après vous ? Le *raccord* des cuisses et des mollets aux genoux ? Les genoux, points stratégiques ?

Comme ça, dans la rue, l'été, au premier coup d'œil ? Les mains, les chevilles, l'allure, la voix, les genoux ?

Malgré mes précautions, j'ai donc été repéré avec Minna, probablement au *Linea d'ombra*, à Venise. Je noie le poisson par des propos sans suite, en simulant une légère ivresse. Cette amie d'autrefois a entendu dire quoi ? Par qui ? Qu'importe, le roman suit son cours, et comme personne, finalement, ne veut rien savoir, il n'y a, *vu du dehors*, rien à savoir.

Vérification aujourd'hui :

Après 212 ans, le manuscrit d'*Histoire de ma vie* de Casanova (mort en 1798) arrive enfin en France, acheté à son propriétaire allemand 7,5 millions d'euros par la Bibliothèque nationale. Il est exposé, lors de la signature du contrat, au ministère de la Culture. Comme chacun évite de le savoir, le manuscrit de ce Vénitien, exilé en Bohême, est écrit en français (12 à 13 heures de rédaction par jour). Les photographes et les cameramen se pressent pour capter l'image des feuillets couverts d'une fine écriture noire penchée. L'encre a l'air à peine sèche, tant la qualité du papier est intacte.

Photos d'un côté, millions de l'autre. Vous dites qu'il faudrait lire tout ça en édition imprimée ? Sans doute, mais où trouver le temps pour le faire ? Cet Italien n'est-il pas une légende ou plutôt un personnage falsifié de film ? Pourquoi a-t-il écrit en français ?

Pendant les discours officiels, j'aperçois le fantôme de Diderot assis sur un banc des jardins du Palais-Royal. Comme des atomes vivants, les lettres du manuscrit montent vers moi, elles parlent. Stendhal passe, car il aime beaucoup Casanova (« Novacasa »), et prête parfois son édition expurgée à une femme sur qui il veut faire de l'effet. Elle le lui rend alors sans un mot, démonstration parfaite.

Le dimanche 15 mars 1840, à Rome, Stendhal note : « Je lis Casanova de minuit à 2 heures du matin. » Quelques années plus tôt, toujours à Rome, un certain Viazemski, qui prétend aimer *Le Rouge et le Noir*, écrit dans une lettre : « À côté de chez moi, dans notre maison, habite le fameux Stendhal. Il ressemble à un gros intendant. »

Le gros intendant aurait voulu avoir un autre corps, c'est sûr. Il a lu, chez l'aventurier de Venise, des phrases de ce genre : « Rien ne pourra faire que je ne me sois amusé. » Et surtout :

« En me rappelant les plaisirs que j'ai eus, je les renouvelle, j'en jouis une seconde fois, et je ris des peines que j'ai endurées et que je ne sens plus. Membre de l'univers, je parle à l'air, et je me figure rendre compte de ma gestion, comme un maître d'hôtel le rend à son maître avant de disparaître. »

C'est exactement le projet de Stendhal dans *Vie de Henry Brulard.* Ce livre n'a été publié qu'en 1890, et, comme *Souvenirs d'égotisme* et *Les Privilèges,* il est loin d'avoir produit tous ses effets.

Sur la planète du temps évanoui comptable, certains manuscrits littéraires exceptionnels valent de plus en plus cher, mais ce qu'ils disent presque rien. C'est dit : je rachète tout, sans aucune démarche financière.

Ce qui a gêné pendant longtemps les éditeurs et les « stendhaliens » dans *Brulard,* ce sont les dessins à la plume qui remplissent le livre : croquis divers, relevés topographiques, comme si l'auteur, en ouvrant sa mémoire, venait de débarquer sur la lune vivante du passé. Lieux, pièces, chambres, fenêtres, rues, adresses, position du mobilier à Grenoble et Paris, emplacements des acteurs, nouveau jeu de cartes de théâtre. Ces maisons, ces appartements, sont visités par quelqu'un d'autre, pourtant le même, et projetés géométriquement sur le papier comme par une lanterne magique.

D'abord, les routes de la vie :

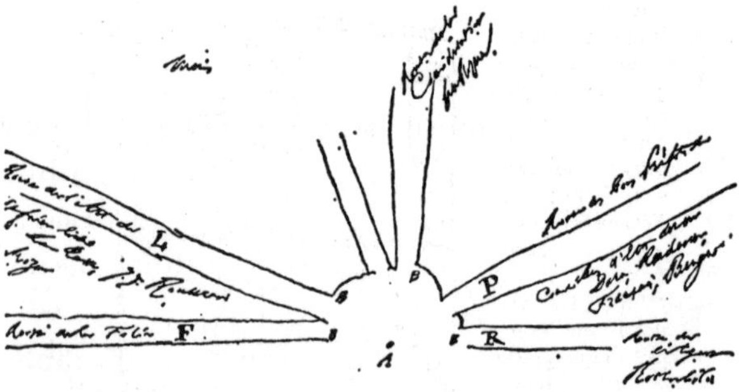

A. Moment de la naissance. — B. Routes prises à 7 ans, souvent à notre insu. Il est souverainement absurde de vouloir à 50 ans laisser la route R ou la route P pour la route L. Frédéric II ne s'est guère fait lire et dès 20 ans songeait à la route L.

[*Route de la considération publique. — Route des bons préfets et conseillers d'État : MM. Daru, Rœderer, Français, Beugnot. — Route de l'argent : Rothschild. — Route de l'art de se faire lire : Le Tasse, J.-J. Rousseau, Mozart. — Route de la folie.*]

Ensuite, l'enfance :

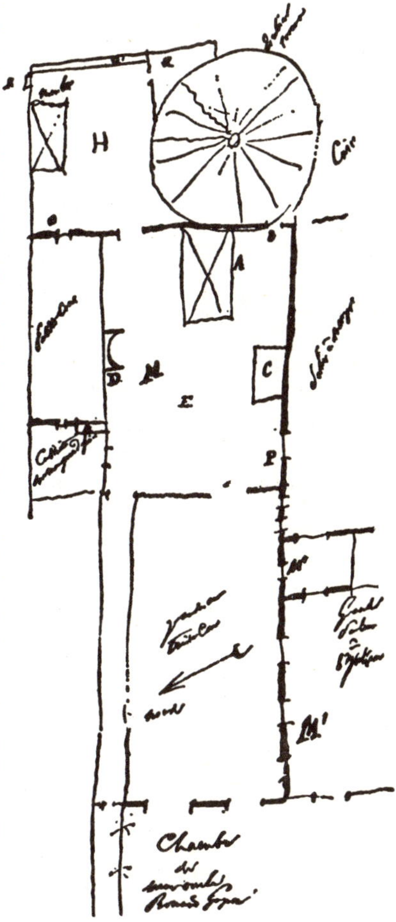

A. Magnifique lit de damas rouge de mon grand-père. — B. Son armoire. — C. Magnifique commode en marqueterie surmontée d'une pendule : Mars offrant son bras à la France, la France avait un manteau garni de fleurs de lis, ce qui plus tard donna de grandes inquiétudes. — F. Unique fenêtre en magnifiques verres de Bohême. L'un d'eux, en haut à gauche, étant fendu, resta ainsi dix ans. — D. Cheminée. — H. Ma chambre. — O. Ma petite fenêtre. — RR. Armoires. — R'. Immense armoire de mon grand-père.

[Mon lit. — Escalier tournant. — Cour. — Petite cour. — Cabinet de mon grand-père. — Salle à manger. — Grande et triste cour. Nord. — Grand salon à l'italienne. — Chambre de mon oncle Romain Gagnon.]

Jeunesse, et arrivée à Paris :

Le genre poli, cérémonieux, accomplissant scrupuleusement toutes les convenances, encore aujourd'hui me glace et me réduit au silence. Pour peu que l'on y ajoute

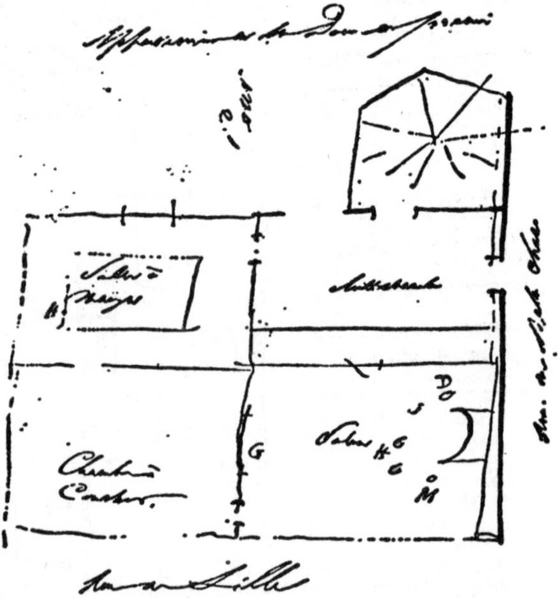

HH. Moi. — M. Fauteuil de Mme Daru. — D. M. Daru le père. — G. Grande glace avec canapé devant.

[*Appartement de M. Daru au premier. — Cour. — Salle à manger. — Antichambre. — Chambre à coucher. — Salon. — Rue de Bellechasse. — Rue de Lille.*]

la nuance religieuse et la déclamation sur les grands principes de la morale, je suis mort.

Que l'on juge de l'effet de ce venin en janvier 1800, quand il était appliqué sur des organes tout neufs et

Je viens de marcher dans la rue de l'Université :

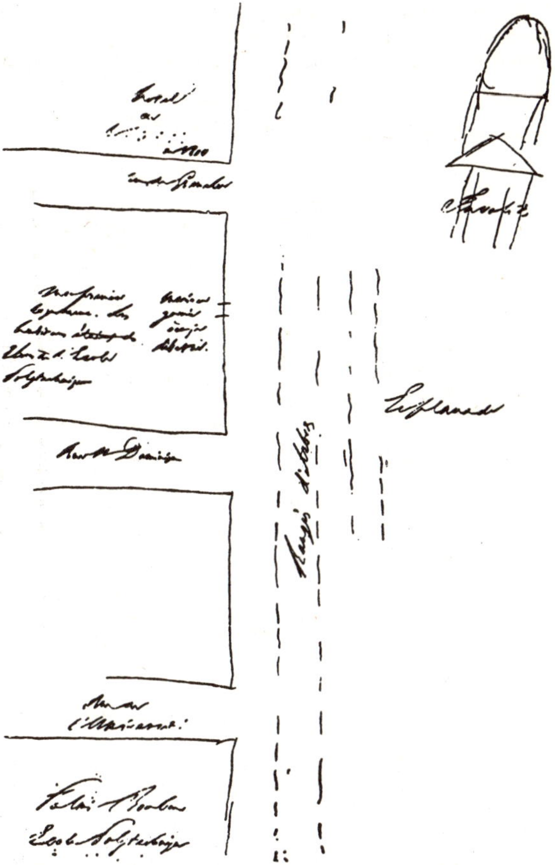

[*Invalides. — Esplanade. — Rangées d'arbres. — Hôtel de la liste civile en 1810. — Rue de Grenelle. — Maison garnie où je débutai. Mon premier logement. Les habitants étaient des élèves de l'École polytechnique. — Rue St-Dominique. — Rue de l'Université. — Palais Bourbon. École polytechnique.*]

Je suis à Venise, Minna vient de me téléphoner de Milan :

Vers 1803 ou [180]4 j'évitais dans le cabinet de Martial de lever les yeux vers une estampe qui dans le lointain présentait le dôme de Milan, le souvenir était trop tendre et me faisait mal.

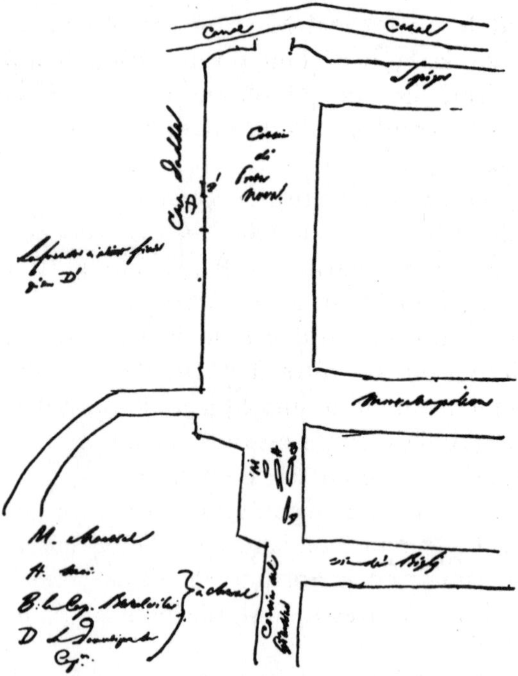

[Canal. — Canal. — [Via della] Spiga. — Corsia di Porta Nova. — Casa d'Adda. La façade n'était finie qu'en D'. — Monte Napoléon. — Via dei Bigli. — Corsia del Giardino. — M. Martial. —

H. Moi
B. Le cap. Burelviller.
D. Le domestique du cap^ne^ *} (à cheval).]*

Il fait très beau, ce début juin. Je montre les dessins de *Brulard* à Minna, sur la terrasse.

Moi : Qu'est-ce qui te frappe le plus ?

Elle : Le magnifique lit de damas rouge, à Grenoble, la commode en marqueterie avec la pendule où on voit Mars offrant son bras à la France, la France étant revêtue d'un manteau couvert de lis, « ce qui, plus tard, donna de grandes inquiétudes ». Pendant la Terreur, donc. Et toi ?

— Les rues de Paris où je passe si souvent : rue de Bellechasse, rue de Lille, rue de Grenelle, rue Saint-Dominique, rue de l'Université. C'est mon quartier après tout. Et toi, à Milan ?

— J'aime ce qu'il dit de la Casa d'Adda : « Nous pouvions être à la fin de mai, ou au commencement de juin lorsque j'entrai dans la Casa d'Adda (ce mot est resté sacré pour moi). » Un mot sacré pour toi, à Venise ?

— La Salute. « Comment peindre le bonheur fou ? Le lecteur a-t-il jamais été amoureux fou ? A-t-il jamais eu la fortune de passer une nuit avec cette maîtresse qu'il a le plus aimée en sa vie ? »

— Angela Pietragrua ? Qui avait en même temps d'autres amants, mais qui le préférait « à rang égal », dit-il ? Et lui avait d'autres maîtresses ?

— Il le dit. Et aussitôt : « Je me suis promené un quart d'heure avant d'écrire. » Et puis : « Ma foi, je ne puis continuer, le sujet surpasse le disant. Je sens bien que je suis ridicule ou plutôt incroyable. Ma main ne peut plus écrire, je renvoie à demain. Comment peindre l'excessif bonheur que tout me donnait ? C'est impossible pour moi. »

— *L'excessif* bonheur ?

— C'est son mot, 36 ans après sa première extase italienne.

— Et qu'est-ce que tu réponds, aujourd'hui, à ceux et à celles qui n'aiment pas tes romans ?

— Qu'ils, ou elles, n'aiment pas la vie que je mène.

L'excessif bonheur :

« Je passerais dans d'horribles douleurs les cinq, dix, vingt ou trente ans qui me restent à vivre qu'en mourant je ne dirais pas : Je ne veux pas recommencer. »

Le décervelé du 21e siècle croit que l'argent peut tout, achète tout, vend tout, explique tout, dit tout. S'il est riche, il s'en vante. S'il est pauvre, il s'en plaint. S'il est entre les deux, il rumine.

Les décervelés sont sociaux de part en part, depuis les cartes de crédit tourbillonnantes jusqu'aux impôts à payer sans fin au Trésor public. L'un dépense énormément d'argent en femmes publicitaires et hôtels de luxe, l'autre considère avec effroi ses fins de mois. Ils sont tous d'accord sur le fait que la réalité est une manipulation générale. Plus de Trésor privé, donc, puisque l'amour a disparu des esprits.

Pour faire le point sur sa vie, Stendhal, à 50 ans, monte sur les hauteurs de Rome. Il fait un soleil magnifique, un léger vent de sirocco fait flotter quelques petits nuages blancs au-dessus du mont Albano, une chaleur délicieuse règne dans l'air, il est heureux de vivre.

Comme il est rusé, y compris avec lui-même, il fait semblant de ne pas savoir quelles sont ses qualités réelles. Est-il gai, triste, homme d'esprit ou stupide, courageux ou peureux, heureux ou malheureux ? Il va employer beaucoup de « je » et de « moi », et cela risque de rebuter le lecteur. A-t-il d'ailleurs du talent ? « Je trouve quelquefois beaucoup de plaisir à écrire, voilà tout. »

L'éditeur du *Rouge*, le libraire Levavasseur, place Vendôme, à Paris, recevra un jour un gros volume d'une détestable écriture. Il fera copier un peu, et lira vaguement cette recherche du temps perdu et retrouvé :

« Si la chose lui paraît ennuyeuse, si personne ne parle plus de M. Stendhal, il laissera là ce fatras, qui sera peut-être retrouvé, deux cents ans plus tard, comme les Mémoires de Benvenuto Cellini. »

C'est-à-dire en 2035.

À moins que, ayant connu un certain succès, il ait la chance d'être lu en 1900, ou, qui sait, en 2011, par des âmes sensibles.

Les âmes sensibles, comme Mme Roland ou Mélanie Guilbert, sont rares. Des amis avec qui parler ? Mais non, ses amis de 1830 « auraient fait sans doute des démarches actives pour me tirer d'un grand danger, mais lorsque je sortais avec un habit neuf, ils auraient donné vingt francs pour qu'on me jette un verre d'eau sale ».

Pourquoi ?

Il faut comprendre que le petit Stendhal s'est, très tôt, révélé « atroce ». Quand il a 4 ans, sa grosse cousine, avec beaucoup de rouge, lui demande de l'embrasser, il refuse, elle insiste, il la mord. Au même âge, il laisse tomber dans la rue, par mégarde, un couteau de cuisine sur une méchante mégère. On l'accuse d'avoir voulu la tuer, et c'est peut-être vrai.

Son ennemie la plus accusatrice est sa tante Séraphie, grenouille de bénitier :

« Je me révoltai. De cette époque date mon horreur pour la religion, horreur que ma raison a pu ramener à grand-peine à de justes dimensions, et cela tout nouvellement, il n'y a pas six ans. » Après *Le Rouge et le Noir*, donc.

L'horrible religion, c'est l'abbé Raillane :

« Il était petit, maigre, très pincé, le teint vert, l'œil faux, avec un sourire abominable... Par adresse, par éducation, ou par instinct de prêtre, il était ennemi juré de la logique et de tout raisonnement droit. »

Résultat : « J'étais sombre, sournois, mécontent. » Et puis, sans cesse, « je haïssais », « j'exécrais ». Le père, Chérubin, effondré, annonce l'exécution de Louis XVI ? « Je fus saisi d'un des plus vifs mouvements de joie que j'ai éprouvé dans ma vie. »

Il a 10 ans.

Même extase cruelle au moment de la mort de Séraphie. Il est à la cuisine avec la cuisinière Marion, il est 7 heures du soir :

« Quelqu'un vint dire : "Elle est passée." Je me jetai à genoux au point H (Henri) pour remercier Dieu de cette grande délivrance. »

Dieu ? Quel Dieu ?

God, celui du Privilégié futur.

Oui, ce petit Stendhal est atroce. Il ne s'interdit aucune pensée coupable, par exemple quand il voit les jambes nues de sa tante dans le jardin :

« J'étais tellement emporté par le diable que les jambes de ma plus cruelle ennemie me firent impression. Volontiers, j'aurais été amoureux de Séraphie. Je me figurais un plaisir délicieux à serrer dans mes bras cette ennemie acharnée. »

Les deux mauvais anges, Chérubin et Séraphie, sont « ultras » et dévots. On ira donc à l'opposé, en ressentant un « amour filial, instinctif, forcené, pour la république ».

Mieux : on prétendra être né en 1789, en promenant, à 6 ans, un petit drapeau tricolore dans la maison. Les réactionnaires familiaux déchirent son drapeau en le traitant de « monstre ». Nous arrivons peu à peu à l'essentiel, puisque la vieille fille Séraphie est amoureuse de Chérubin. Or ce dernier « adorait d'autant plus sa femme que celle-ci ne l'aimait point ».

« En me parlant de ma mère, il échappa un jour à ma tante de dire qu'elle n'avait pas d'inclination pour mon père. Ce mot fut pour moi d'une portée immense. »

La cuisinière, Marion, est encore plus explicite : cette mère chérie disait à son mari : « Laissez-moi, vilain laid ! » Chérubin, avec ses avances continuelles, l'importunait. Triste devoir conjugal à accomplir, et encore une grossesse.

« Tous les bonheurs dont j'avais pu jouir disparurent avec ma mère. »

Les coupables sont clairement désignés : le père, la tante, les ultras, les dévots, les prêtres, les obscurantistes en tout genre, les bourgeois de l'avenir (« J'ai toujours, et comme par instinct, profondément méprisé les bourgeois »). Ce fils *unique* naît avec la Révolution, *il est la Révolution.*

Il adopte ainsi la devise « Vivre libre ou mourir », et récuse celle qu'on voulait lui substituer : « La liberté ou la mort. » Cette dernière est frigide, générale et abstraite, alors que la première fait entendre une injonction personnelle, et même, si on l'entend bien, un ton aristocratique.

Un bon écrivain prend la place du père de sa mère. C'est parfois compliqué, mais il y parvient. Pour une femme, le seul enfant *naturel* est celui qu'elle a symboliquement avec son père, le géniteur étant toujours plus ou moins un imposteur. Stendhal est réellement le fils-père de sa mère. Sa mère lit Dante, et son grand-père maternel ne peut avoir que des origines italiennes. C'est dit, il sera italien.

Et voici la déesse :

« C'était une femme charmante, et j'étais amoureux de ma mère. Je me hâte d'ajouter que je la perdis quand j'avais sept ans... Je voulais couvrir ma mère de baisers, et qu'il n'y eût pas de vêtements. Elle m'aimait à la passion et m'embrassait souvent, je lui rendais ses baisers avec un tel feu qu'elle était souvent obligée de s'en aller. J'abhorrais mon père quand il venait interrompre nos baisers. Je voulais toujours les lui donner à la gorge. »

Dans le manuscrit de Stendhal, une croix est marquée sur le mot « gorge ».

« Elle avait de l'embonpoint, une fraîcheur parfaite, elle était fort jolie, et je crois que seulement elle n'était pas assez grande. Elle avait une noblesse et une sérénité parfaite dans les traits ; très vive, aimant mieux courir et faire elle-même que de commander à ses trois servantes, et enfin lisant souvent dans l'original la *Divine Comédie* de Dante, dont j'ai trouvé bien plus tard cinq à six exemplaires d'éditions différentes dans son appartement resté fermé jusqu'à sa mort. »

Comme ce passage est étrange : qui donc lisait Dante *dans l'original* en 1789 ? Qui en possédait, et pourquoi, cinq ou six éditions différentes ?

« Elle ne peut pas s'offenser de la liberté que je prends avec elle en révélant que je l'aimais ; si je la retrouve jamais je le lui dirais encore... »

Précision, elle aussi, plus qu'étrange. D'autant plus que vient tout de suite :

« D'ailleurs, elle n'a participé en rien à cet amour. Elle n'en agit pas à la vénitienne comme Madame Benzoni avec l'auteur de *Nella*. Quant à moi, j'étais aussi criminel que possible, j'aimais ses charmes avec fureur. »

Cette petite brune, fraîche et très vive, lectrice de Dante, n'a pas agi incestueusement « à la vénitienne », ce qui, après tout, veut dire qu'elle aurait pu.

« Un soir, comme par quelque hasard, on m'avait mis coucher dans sa chambre par terre, sur un matelas, cette femme vive et légère comme une biche sauta par-dessus mon matelas pour atteindre plus vite à son lit. »

On imagine sans peine les milliers et les milliers de fois où Stendhal aura repensé à ce *saut de biche*. On souhaite à tous les fils curieux d'avoir connu ce saut-là.

Le jeune Henri Beyle, à 7 ans, ne comprend pas la mort. Il croit qu'il va revoir sa mère le lendemain. Tout est devenu morne et funèbre, même la bibliothèque, sauf l'*Encyclopédie* de d'Alembert et Diderot qui, brochée en bleu, « fait exception à la laideur générale ».

« En entrant au salon et voyant la bière couverte de drap noir *où était ma mère*, je fus saisi du plus violent désespoir, je comprenais enfin ce qu'était la mort. » Le service religieux est expédié, mais, au cimetière, Henri ne veut pas qu'on jette de la terre sur le cercueil de sa mère. Il prétend que ça va lui faire mal.

Inutile de dire que « Dieu », dans cette affaire qui lui est attribuée par l'abbé Rey, « un homme fort grand, très froid, mangé de petite vérole, l'air sans esprit et bon, parlant du nez », n'a aucun attrait pour ce jeune veuf passionné :

« "Mon ami, cela vient de Dieu", dit l'abbé ; et ce mot, dit par un homme que je haïssais à un autre que je n'aimais guère, me fit réfléchir profondément. »

Comment « Dieu » peut-il se mêler de la mort de la merveilleuse Henriette qui était en train d'accoucher de son *quatrième* enfant ? Ce père est un salaud libidineux, et l'abbé ne vaut pas mieux en couvrant ce crime.

Conséquence : « Je me mis à dire du mal de *God.* »

God ne lui en voudra pas, d'où, plus tard *Les Privilèges.*

J'insiste, en passant, sur la rencontre, à la faveur d'un grand deuil, de Dante et de l'*Encyclopédie* sur un cercueil. Qui n'aime pas l'un n'aime pas vraiment l'autre, puisque les dévots bornés comme les ignorants laïques ne croient ni à l'un ni à l'autre.

Stendhal, comme tout écrivain sérieux, mais plus encore à cause de ses fonctions diplomatiques et de sa mauvaise réputation « libérale », se sait surveillé, et n'arrête pas de crypter ses lettres et ses notes, envisageant le regard des espions ou des policiers sur ses papiers. Il écrit donc des projets de préambules humoristiques pour *Vie de Henry Brulard* :

« À MM. de la Police. Ceci est un roman imité du *Vicaire de Wakefield.* Le héros, Henry Brulard, écrit sa vie, à cinquante-deux ans, après la mort de sa femme, la célèbre Charlotte Corday. »

Il s'agit bien d'un « roman moral », où on pourra apprécier « la pureté des sentiments ».

« À MM. de la Police, rien de politique. Le héros de ce roman finit par se faire prêtre, comme Jocelyn » (le roman en vers de Lamartine).

Ou encore :

« À Messieurs de la Police. Rien de politique dans ce roman. Le plan est un exalté dans tous les genres qui, dégoûté et éclairé peu à peu, finit par se consacrer au culte des autels. »

La Police a ce bizarre consul à l'œil, et la Police de l'époque est encore monarchique et religieuse, trône chancelant, autel fissuré. Stendhal n'a pas eu trop à se plaindre, sauf ennui et stagnation, intervalle sans intérêt de l'Histoire. Qu'écrirait-il aujourd'hui pour dissimuler ses manuscrits ?

« À Mesdames et Messieurs de la Police médiatique :

Rien de politique, de financier ou de trash dans ce roman éminemment moral. C'est l'histoire d'un ancien exalté en tout genre, qui, peu à peu, guidé par l'amour, retrouve, intacte, sa sérénité d'enfant. »

Ne surtout pas évoquer Venise.

Les adultes sont des comédiens, et la Société une énorme fabrique de grimaces :

« Je fis de rapides progrès dans l'art des grimaces. Je ris souvent des mines que je fais quand je suis seul… Cet instinct ou cet art m'a fait beaucoup d'ennemis. »

Un des amis de Stendhal lui reproche « une ironie cachée, ou plutôt mal cachée et apparente malgré moi dans le coin droit de la bouche ».

C'est le moment de rappeler cette devise finale : SFCDT (Se Foutre Carrément De Tout).

Elle est visible, en effet, au coin droit de la bouche.

« J'étais malin et je disais des bons mots qui m'ont valu force coups de poing, et ce même caractère m'a valu, en Italie et en Allemagne, à l'armée, quelque chose de mieux, et, à Paris, des critiques acharnées dans la petite littérature. »

On ne fait pas assez attention aux personnages secondaires des romans. C'est pourtant à travers eux que l'auteur glisse souvent le mieux ses désirs. Ainsi d'Anetta Marini, dans *La Chartreuse*, dont le portrait correspond à Minna :

« Une petite figure brune, fort jolie, et dont les yeux jetaient des flammes. »

Des flammes, n'exagérons rien, mais du lumineux, c'est sûr.

Plus précis :

« Elle a un petit air décidé, bien prise dans sa petite taille. »

Et surtout :

« Ses yeux, comme on dit en Lombardie, semblaient faire la conversation avec les choses qu'ils regardaient. »

Le 5 décembre 1823, Stendhal est à Rome. Voici sa lettre :

« Il y a trois ou quatre Romaines de la plus

grande beauté. Elles ont tout à fait le ton assuré, décisif, tranchant, qui était jadis, dit-on, le ton de la cour de France. Elles portent des robes extrêmement décolletées, et il faudrait être bien difficile pour n'être pas reconnaissant envers leur couturière... Parmi les petits plaisirs que peut donner la haute société, un des plus grands c'est de voir un cardinal, en grand costume rouge, donner la main, pour la présenter dans un salon, à une jeune femme aux yeux vifs, brillants, étourdis, voluptueuse et vêtue comme je l'ai dit. »

« L'un de mes grands regrets, écrit-il ailleurs, c'est de n'avoir pu voir la Venise de 1760. »

Imaginons avec lui :

« La sérénité était sur tous les visages, personne ne songeait à paraître plus riche, l'hypocrisie ne menait à rien. Je me figure que ce devait être le contraire de Londres en 1822. »

Et donc le contraire de Paris-Planète en 2010, ou de la Venise touristique d'aujourd'hui. Mais il suffit de savoir s'isoler à Paris ou à Venise pour être, avec des moyens ultramodernes, en 1760, *en mieux*.

« L'art d'être heureux est comme la poésie ; malgré le perfectionnement de toutes choses, Homère, il y a deux mille sept cents ans, avait plus de talent que lord Byron. »

Ici, à la place de Byron, mettez le nom de

n'importe quelle célébrité mondiale du début du 21e siècle.

Il n'empêche : pas de joie plus grande que d'entendre à travers des téléphones fixes ou mobiles, à terre ou en mer, des voix féminines enregistrées vous dire :

« Actuellement, sur votre ligne, aucun numéro de correspondant n'est mémorisé. »

Ou mieux :

« Vous n'avez pas de nouveau message. »

Formule suivie de :

« Pour écouter vos messages archivés tapez un. »

J'aime la voix de Minna *archivée*. Pas de SMS ou de textos, l'empreinte vocale incarnée. Ce sont des mots tendres, italiens ou français, et ils résonnent souvent tard dans la nuit. J'écoute sa voix plusieurs fois, puis j'efface. De temps en temps, je garde un message pour le lendemain, et je l'écoute dehors, dans la foule.

« J'appelle *caractère* d'un homme sa manière habituelle d'aller à la chasse du bonheur. »

Le bonheur est mystérieux : c'est une chasse sensuelle et spirituelle, quelque chose vous attend ou vous fond dessus, comme cette rafale de nuit, autrefois, avec Minna à New York, foudre et trésor futur.

Le 19e siècle, pour Stendhal, aura été « un siècle dégénéré et ennuyeux », un siècle où « on a tué la faculté de s'amuser ».

Qui dira qu'à quelques années près le 20e aura été préférable ? Mais il est très loin, désormais, alors que le 19e se poursuit intérieurement dans des millions de têtes malades à travers les âges. Les Américains, les Anglais, les Allemands, les Russes ? « Des rustres polis et avares. » Les Français ? « La société prolongée avec un hypocrite me donne un commencement de mal de mer. » Ou, plus sec : « J'ai une horreur presque hydrophobique pour tout être grossier. »

Il m'est arrivé ce matin, très tôt, de *voir le temps ne plus passer.* C'est une expérience.

J'étais dans la salle de bains, Minna dormait, sa petite horloge chinoise, accrochée au mur, me faisait face. Il était très exactement 6 h 25, et, brusquement, la trotteuse rouge n'a plus avancé tout en continuant à fonctionner. Donc elle poursuivait son mouvement circulaire en dehors de moi qui l'observais en train de compter sans compter. Il a été 6 h 26 sur les aiguilles, puis 6 h 27, 6 h 28, 6 h 29, mais, entre 6 h 25 et 6 h 30, il y a eu un abîme, le même que celui que je venais de vivre en me réveillant à 6 h 18. Là, le grand jeu : déferlement de morts, mémoire déchaînée, centaine de visages inconnus précis dans des mégapoles, niagara de néant traversant la Terre. Impossible de chiffrer ça pendant que ça tourne. Aucune désorientation, pourtant, c'est beaucoup plus central, la perception de l'espace reste stable, je suis divisé lucide, délire noir d'un côté, calme lumineux de l'autre. Je me suis rendormi, je ne me suis réveillé qu'au bruit des cloches et des mouettes, à midi.

Minna : « Tu as travaillé tard ? »

En réalité, je suis beaucoup plus ancien que je n'aurais cru, comme le prouve, de façon plaisante, l'exhumation, dans l'extrême ouest de la Chine, d'un fossile de dinosaure datant de 160 millions d'années. C'est, nous dit *Le Quotidien du peuple* repris par la revue *Science*, « le plus ancien membre connu d'une longue lignée qui comprend les oiseaux ».

Les oiseaux viennent des dinosaures, et, comme alchimiste amateur, je comprends leur langue. Ce camarade lointain du jurassique a eu tout de suite un nom scientifique : *Haplocheirus sollers.*

Je n'invente rien.

Stendhal : « Le rythme, accord entre les pensées, les tournures et les sons. »

Et puis ce rêve, en pensant aux mathématiques :

Je suis debout sur l'estrade du lycée Montaigne, à Bordeaux, pour une interrogation écrite algébrique. J'arrive, bâton de craie à la main, au bout du large tableau noir, à droite. J'aime la craie, son crissement sur l'ardoise, j'aime le chiffon poudreux qui efface tout d'un seul coup. Je termine la première ligne kabbalistique avec succès, mais il faut maintenant revenir à gauche, et du diable si j'ai la moindre idée de ce que j'ai à tracer. De nouveau, le temps ne passe plus, je vais rester là pendant quelques siècles. Sévères mathématiques dévoilant la nature : on sait enchaîner ou pas.

Mais soudain, à partir de la gauche, ça s'écrit tout seul et très vite, mon bâton de craie est devenu ma main. Étonnement de la classe et du professeur, qui savent que je suis nul, sauf en récitation française et latine. J'arrive au bas du tableau, démonstration et graphisme impeccables. Ce qu'il fallait démontrer est montré (je regarde ma montre). Douces mathématiques : elles vivent leur vie enchantée sans moi, elles me donnent raison sans que j'en aie le droit.

« Ma cohabitation passionnée avec les mathématiques m'a laissé un amour fou pour les bonnes définitions, sans lesquelles il n'y a que des à-peu-près. »

A-t-il mémorisé, Stendhal, cette petite comptine enfantine que je me rechantonne parfois en riant ?

Le carré de l'hypothénuse
Est égal, si je ne m'abuse,
À la somme des carrés
Des deux autres côtés.

Probable, et bien d'autres trucs.

« Personne, dit-il, ne pouvait m'expliquer que *moins* multiplié par *moins* donne *plus.* »

En effet, pourquoi ? Et pourquoi les racines carrées, les logarithmes, les nombres négatifs, l'interminable nombre *pi*, l'infini et le transfini ? Les mathématiques ont toujours raison, sans elles il n'y a que crédulité et confusion dans le monde. Cela dit, on peut être un très bon mathématicien et un parfait imbécile. Stendhal, en passant de Grenoble à Paris, n'entrera pourtant pas à l'École polytechnique. Les mathématiques, en lui ouvrant les yeux sur l'hypocrisie et les préjugés des adultes (« l'âpre pédantisme des cuistres morfondus »), le conduisent à son vrai destin : la littérature, l'amour. Le triste révolté plébéien Julien devient l'aventurier aristocratique Fabrice. Et qu'est-ce que *La Chartreuse* sinon une grande équation ?

« Les idées me galopent et s'en vont si je ne les écris pas. Souvent, mouvement nerveux de la main. »

« Les souvenirs se multiplient sous ma plume. »

« 20 juin 1832, 15 pages en 1 heure. »

On écrit, on change son corps, on intègre et réintègre son corps. Question de temps, mais aussi de lieux.

Bordeaux, le 24 mars 1838 :

« Les gens de Bordeaux ne sont nullement hypocrites, ils ne songent qu'à la vie physique. »

Juillet :

« L'amour est un *ridicule* en France. Je n'ai trouvé qu'une seule exception : Bordeaux. »

Mais déjà, en septembre 1826, dans le *New Monthly Magazine* de Londres :

« La société française est devenue dernièrement si prude et il est si dangereux de s'écarter des lieux communs devant les femmes, que la conversation française, autrefois si brillante, est aujourd'hui une corvée dont on serait heureux d'être dispensé. »

Et en août 1828, dans le même périodique :

« La jeunesse de France ne se distingue plus par sa gaieté et sa légèreté, comme avant la Révolution. Elle est devenue triste, méditative et calculatrice, ses pensées s'égarent sans cesse vers le monde futur. »

Après la Révolution, l'Empire, la Restauration, le retour des jésuites, voici venir le temps des philosophes « kanto-platoniciens », suivi de la nouvelle cléricature des « intellectuels ». Ajoutez le cinéma, la télévision, la violence, la publicité, la pornographie, la banque, et vous avez votre époque.

« Il ne faut jamais dire de mots vifs et rapides, ils passeraient inaperçus. »

La profonde *détérioration* du corps français reste une énigme. Elle s'étale partout, elle n'est plus à prouver. Embarras sexuel, surévaluation de tout ce qui touche au sexe, dissolution religieuse, délire imagé constant, on a souvent l'impression d'un grand asile psychiatrique où des malades *fixés* se croient tous normaux. Si l'anormal finit par se trouver normal, c'est qu'il croit de plus en plus au normal. Or rien n'a jamais été « normal » chez l'habitant humain, il se ment là-dessus en disant « nous » par réflexe. Rien de plus risible que cette rengaine du « nous » dans les essais philosophiques plats. L'un parle de l'amour en disant « nous », sans jamais s'impliquer personnellement dans ses analyses, l'autre sait ce qui est bon pour « nous » ou mauvais pour « nous ». De là on passe aux romans, tous plus cafardeux ou hallucinés les uns que les autres. Un roman de plus à jeter, au suivant.

Mieux vaut rouvrir *La Chartreuse de Parme*, où, à défaut du cliché « la marquise sortit à cinq heures », on trouve cette merveilleuse phrase en couleurs :

« De la porte-fenêtre de son salon, la duchesse pouvait mettre le pied sur sa barque. »

Exactement ce que peut faire Minna, en descendant le petit escalier, à droite de la terrasse.

Ai-je donné le nom de notre bateau de balades, par beau temps, dans la lagune ? C'est, en lettres rouges sur fond noir, le prénom de l'immortelle duchesse Sanseverina : *Gina.*

Le temps ne passe plus, ce qui ne veut pas dire qu'il ne passe pas de plus en plus vite, et dans tous les sens. Il est maintenant planétaire, le temps, il tourne, se retourne et retourne. Ici, à bord de la Sérénissime, soleil le matin à gauche, lune le soir. Soleil de feu le soir à droite, lune le matin. Les jours et les nuits rentrent les uns dans les autres, les coupoles de la Salute et du Redentore les recueillent, messes du matin, messes du soir. Accélération folle partout, calme au large.

Selon son désir, j'entraîne Stendhal dans toutes les époques. Dans l'Antiquité chinoise, par exemple, et son infini harmonique : « Avoir des os d'immortels, monter au ciel en plein jour. » Ou bien (et il est d'accord) : « Le renom suprême est le renom auquel on n'a pas travaillé. Le renom auquel on a travaillé vient après. »

Ou encore, ce portrait :

« Pourquoi le renom de Dongfang Shuo dépasse-t-il ainsi la réalité ?

— Son art de la repartie, sa ressource, son franc-parler, sa vertu contournée. Sa repartie ressemble à de l'excellence, ses ressources jamais à court ressemblent à de la sagesse, son franc-parler ressemble à de la droiture, sa vertu contournée ressemble à du retrait.

— À quoi tient son renom ?

— À une parfaite maîtrise de la plaisanterie. »

Ou encore :

« Qu'est-ce que la clarté ?

— Le caché.

— Comment le caché peut-il être clarté ?

— Le caché devenu visible, n'est-ce pas le fait d'une imposante clarté ? »

Ou encore :

« Celui qui parle du mystère doit faire l'épreuve de la clarté, s'il parle du lointain il doit faire l'épreuve du proche, s'il parle du grand il doit faire l'épreuve du petit, s'il parle du subtil il doit faire l'épreuve de l'expression achevée. Parler de quelque chose sans passer par ces épreuves est de l'égarement. Va-t-il s'égarer ? Il ne s'égare pas. »

Ou encore, ce discours parfait :

« Ne pas parvenir à saisir le cœur d'une parole, ne pas parvenir à saisir la parole dite d'un écrit, quel échec ! On doit saisir l'articulation des paroles et la constitution des textes, les éclairant au plein jour, les roulant dans le flot des grands fleuves, ce flot immense auquel rien ne résiste. Rien ne vaut la parole lorsque face à face, dans la rencontre de deux voix, il faut exprimer les aspirations qui sont au centre du cœur, et leur faire traverser le bavardage des hommes. Rien ne vaut le texte pour enrouler les faits du monde, garder en mémoire une longue durée et éclairer une vaste étendue, donner une compréhension de l'obscurité d'un passé lointain et dégager une expression de la confusion des contrées les plus éloignées. La parole est le son du cœur, le texte le tracé du cœur. Alors le verbe coule à plein flot tel un fleuve. On peut le suivre mais il est impossible d'avancer contre lui. Seul le fleuve est ainsi ! »

« Intelligenti pauca ! » fait dire quelque part Stendhal à l'un de ses personnages. À ceux qui comprennent, peu de mots suffisent. Quant à ceux qu'effraie la Technique, notamment le passage au *numérique*, ils font rire. Ils parlent en gémissant de la disparition du livre-papier, comme s'ils étaient capables, depuis très longtemps, de s'en servir entre les lignes. Ne lisant que des yeux (et encore), ils n'entendent rien, ne mémorisent rien, ne devinent rien, ne rassemblent rien. Peu importe le mode d'émission, il s'agit d'une musique enregistrée qui veut être apprise par cœur. Lire, c'est être du même côté que celui qui est en train de tracer ces mots-là, ce jour-là, dans tel ou tel état. Plus on imprime de livres, moins il y en a, et plus les manuscrits importants valent cher. Pourquoi Stendhal *dictait-il*? Pour écouter ce qui voulait être entendu tout en étant vu.

« Excès de lecture, battement de cœur, ou, plutôt, cœur *resserré.* »

Mauvais temps social, le même qu'aujourd'hui, pour Stendhal :

« La moindre idée vive semble une grossièreté. »

« Aux yeux des bourgeois, la caricature fait beauté. »

« L'esprit *argent comptant*, imprévu même pour le parleur, fait peur aux convenances. »

« L'esprit se réfugie chez les femmes aux mœurs faciles. »

« Qu'est-ce qu'une allusion expliquée ? De l'esprit ennuyeux. »

« Malheur à qui invente en parlant ! »

Penser, parler, écrire, même substance : tout est fait pour cacher ce fleuve de fond.

Le « franc-parler » de Stendhal ? Voici :

« Je disais toujours d'un sot : *c'est un sot.* Cette manie m'a valu un monde d'ennemis. »

Qui a écrit ce qui suit ?

« Les femmes italiennes ont gardé le naturel de Stendhal. J'admire comme elles savent entrer au restaurant, au dancing. Les nôtres cherchent une attitude. Pas elles. »

Eh bien, c'est Sartre, que nous retrouvons d'un bond, dans ses *Carnets de la drôle de guerre.*

Ainsi, le 18 septembre 1939 :

« Moi qui suis plutôt malpropre de ma personne, depuis la mobilisation je me lave, me rase, me brosse les dents avec scrupule. C'est pour imiter Stendhal qui se rasait chaque jour pendant la retraite de Russie. »

Plus étonnant, le 26 février 1940 :

« Relu avec une admiration profonde les soixante premières pages de *La Chartreuse de Parme.* Le naturel, le charme, la vivacité d'imagination de Stendhal ne peuvent être égalés. Ce sentiment d'admiration, si rare chez moi, je l'ai eu pleinement. Et quel art du roman, quelle unité dans le mouvement. »

Sartre, à ce moment-là, a des difficultés avec son roman *L'Âge de raison.* Il trouve ses personnages en état de désintégration, comme s'ils étaient « mutilés ». Ils sont d'une « tristesse pleine de reproche et d'amertume, une tristesse métaphysique comparable à celle d'animaux préhistoriques voués à une disparition prochaine par l'insuffisance de leurs constitutions ». « Eux, c'est moi décapité », dit-il. Bref, il est face à un « pullulement sinistre ». Retour immédiat à Stendhal :

« Fabrice, au contraire, dans *La Chartreuse de Parme*, même dans ses pires désespoirs, est pour son lecteur une source perpétuelle de bonheur. Il tient sur ses pieds, il est viable, il n'y a chez lui aucune désintégration. Je dis cela sans envie ni humilité : si Stendhal m'est supérieur, c'est pour d'autres motifs. En effet, nous ne visons pas le même but. Mes romans sont des expériences et elles ne sont possibles que par désintégration. »

Ce témoignage, un siècle après la mort de Stendhal, est précieux. Il y a eu une catastrophe externe et interne, mais ce n'est rien à côté du ravage qui va venir. Des corps et des esprits déjà désintégrés vont se désintégrer toujours plus, jusqu'à des massacres inouïs et la fission de l'atome. Sartre est inquiet, et il a raison : une énorme vague est en train de s'abattre sur la fourmilière.

À quoi se raccrocher ? Venise ? Mais non, Venise le révulse, il en fait un portrait d'enfer, comme s'il s'agissait du mal absolu. Erreur grandiose d'un philosophe alsacien protestant : Venise le désintègre.

« La lagune : l'horrible monotonie d'un désert. L'eau meurt. Il y en a *trop*. L'eau, c'est le trop. La monotonie du trop, plus de ligne droite, plus de notion précise et arrêtée, l'interpénétration de tout, la mort par excès de chaque chose. L'eau est fourrée à elle-même, ses idées s'empâtent. »

Et encore :

« L'eau, à Venise, n'est pas de l'eau, c'est cent choses à la fois, c'est une bête pustuleuse, une plante vénéneuse, une surface de vitre sur un noir immonde, c'est du pus, c'est le désordre pur enserré entre l'ordre. C'est le doux glissement du néant entre les falaises de l'être, c'est l'esprit. » Etc., etc.

Aucun oiseau pour Sartre à Venise. Pas de musique non plus.

On part en bateau, au large.

Minna nage très bien, beaucoup mieux que moi, et je pense rapidement à toutes les femmes que j'ai vues nager dans ma vie, baigneuses rieuses et joyeuses, filles qui vont au loin, deviennent presque invisibles (bonnets noirs, jaunes, blancs), et reviennent même pas essoufflées, ironiques et souples. Aujourd'hui, j'attends Minna sur le bateau. Je me sens magnifiquement *de trop*, j'ai en tête le titre d'un nouveau livre : *Encore*. Le néant ne détruit rien, au contraire, il ferme, il fait surgir, il découpe, il approfondit, il intègre, il réintègre. Chaque détail vit soudain pour lui-même, bois, reflets, mouettes, bouées. Il est midi, il fait chaud et frais, et dans le coin où on va, il n'y a personne. Minna se sèche au soleil, on ne parle pas, puis direction le *Linea d'ombra*, déjeuner léger, sommeil.

1834 : « La vertu, c'est augmenter le bonheur ; le vice, augmenter le malheur. Tout le reste n'est qu'hypocrisie ou ânerie bourgeoise. Il faut toujours saisir l'occasion d'instruire la jeunesse. »

Et une autre fois :

« Nos neveux devront pardonner ces écarts, nous tenons la plume d'un côté et l'épée de l'autre. »

Rendez-vous en 2040, donc.

« Quand une idée se saisit trop de moi au milieu de la rue, je tombe. » Et aussi : « J'étais, dans les rues de Paris, un rêveur passionné, regardant le ciel et toujours sur le point de me faire renverser par un cabriolet. »

Aujourd'hui, Stendhal se cognerait contre les passants, tituberait dans la foule des boulevards, tomberait carrément quand lui vient une idée un peu forte, se ferait peut-être écraser en traversant au feu vert, le visage levé vers le ciel. Il a fini par tomber définitivement un soir, après un dîner, selon son désir. Plutôt mourir que vieillir.

Vieillir, il sait ce que c'est : fouiller sa mémoire, s'entendre donner des ordres à son corps, anticiper ses gestes, s'essouffler de plus en plus vite, recommencer trois fois la même lettre, mélanger ses papiers, en perdre certains, et surtout *s'ennuyer*. De moins en moins de conversations possibles (on l'écoute à peine), plus d'improvisations ni de trouvailles involontaires, moins d'idées, c'est-à-dire d'*esprit.*

« Mon âme est un feu qui souffre s'il ne flambe pas. Il me faut trois ou quatre mètres cubes d'idées nouvelles par jour, comme il faut du charbon à un bateau à vapeur. »

D'où cette lettre poignante que, depuis son trou consulaire, il adresse à Domenico Fiore en avril 1835. Civitavecchia est « ennuyeux comme la peste ».

« Je touche à la barbarie, j'ai la goutte et la gravelle, et je suis fort gros, excessivement nerveux, et j'ai cinquante-deux ans... Je suis si abasourdi de m'ennuyer à ce point que je ne désire rien, je suis noir... Le seul malheur est de mener une vie ennuyeuse... Le vrai métier de l'animal est d'écrire un roman dans un grenier. »

Ce qu'il faudrait trouver ? Une chambre à Paris, au midi, au cinquième étage.

« Je suis fait pour vivre avec deux bougies et une écritoire, et maintenant, en vous écrivant, je suis heureux. »

Et il signe : « L'ennuyé Baron Dormant. »

Un qui ne s'est jamais ennuyé en Italie, et surtout pas à Venise, c'est Freud, génie surprenant.

Ainsi, en août 1895 : « C'est un conte de fées dont aucune photographie ni aucun récit ne saurait rendre compte. » Il se sent pris dans un « tourbillon », où deux jours sont devenus six mois. Il voit des « choses incroyables ».

Le très sérieux docteur Freud a 40 ans, il voyage avec sa belle-sœur, Minna Bernays (mais oui, *Minna*), qui dit de lui : « Il a une mine insolemment splendide et il est gai comme un pinson. Évidemment, il ne tient pas en place. »

Décidément, l'Italie est magique et d'une « harmonie grandiose ». Dans une église, il observe plusieurs centaines des plus jolies filles du Frioul venues pour une messe d'un jour de fête : « La splendeur de l'antique basilique romaine m'a fait du bien au milieu de *l'indigence de l'ère moderne* » (c'est moi qui souligne).

En pleine descente aux enfers de son propre inconscient, il croise Dante près d'une forêt de pins, visite des grottes, se laisse imprégner par des fresques. Le voici au bord du lac de Garde « d'une beauté paradisiaque », et enfin à Rome, en septembre 1901. « C'est incroyable que nous ne soyons pas venus ici pendant des années. » Et ceci : « Aujourd'hui, au Vatican, nous avons vu de nouveau les plus belles choses, que l'on quitte comme transporté. » Freud décide de finir sa vie à Rome, mais l'Histoire, on le sait, en décidera autrement, et ce sera en exil, chassé par les nazis, à Londres, en 1939.

Cette passion pour l'Italie, partagée avec sa belle-sœur Minna, est soigneusement occultée par les historiens de la psychanalyse. Il ne faut surtout pas que Freud ait l'air de s'amuser ou de jouir. À Naples, par exemple, il fume, boit, mange, a trop chaud, prend un café « à l'ombre des arbres, entouré d'orangers jaune et vert, de grappes de raisin, de palmiers, de pins, de noyers, de figuiers sauvages, de citronniers ». Il y a le Vésuve, les temples, la grotte de la Sibylle, le souvenir de Virgile dont les vers se retrouvent en exergue de *L'Interprétation des rêves.* La splendeur italienne aide à sortir de la confusion et de l'inhibition bavarde de l'indigente ère moderne : « Je comprends tout ce qu'on a pu entendre au sujet de l'effet du Sud sur le caractère et l'énergie. » Pas de doute, le Nord est une erreur, comme le nordiste Goethe l'a déjà compris. Mais où est Stendhal ? C'est Nietzsche qui parle de lui, pas Freud, qu'on ne voit d'ailleurs pas lancé dans *La Chartreuse de Parme.*

Revoici Freud à Rome :

« Les femmes de la foule sont très belles, dans la mesure où elles ne sont pas étrangères. Les Romaines, bizarrement, sont belles même quand elles sont laides, et, en fait, il y en a peu qui le soient parmi elles. »

Pourtant il reste aveugle devant un tableau magnifique du Titien, *L'Amour sacré et l'Amour profane*, où on voit, à gauche, une femme richement habillée, et, à droite, une autre complètement nue : « Le nom qu'on a donné à ce tableau n'a aucun sens, et on ne sait d'ailleurs quel sens lui donner : il suffit qu'il soit très beau. »

Aucun sens, vraiment ? Freud ne sait-il pas faire la différence entre profane et sacré ? Croit-il qu'une femme habillée et une femme nue soient la même ?

Allons, allons, docteur, moins de pudeur, laissez-vous aller. Vous préférez le *Moïse* de Michel-Ange dans l'église de Saint-Pierre-aux-Liens ? La Loi reprend le dessus sur l'Amour ? C'est très tardivement que Freud admettra que la barbe imposante dont Michel-Ange a gratifié le prophète biblique est une erreur historique : Moïse était imberbe, ce qui le rend beaucoup plus troublant et viril. Léger vertige de Freud à Rome. N'empêche, il repart pour le Sud, Naples, la Sicile :

« La splendeur et le parfum des fleurs dans les parcs font oublier qu'on est en automne. »

Et puis :

« Il m'est très naturel de me retrouver à Rome, pas l'ombre d'une impression d'être un étranger ici. »

Et surtout :

« Je ne me suis jamais autant soigné ni n'ai vécu dans une telle oisiveté au gré de mes désirs et de mes caprices. »

Voyez-le en train de s'offrir sa fleur préférée, le gardénia : portrait de Sigmund Freud en dandy avec gardénia. « On vit divinement ici », dit-il. Il confie à son biographe que Rome lui plaît chaque année un peu plus. En septembre, il est à Palerme, « lieu de délices inouïs ». Il écrit à sa famille pour s'excuser de ne pas leur faire partager ses joies, faute d'argent. La lettre est très drôle :

« Il n'aurait pas fallu devenir psychiatre et prétendu fondateur d'une nouvelle tendance en psychologie, mais fabricant de quelque objet de genre courant comme du papier hygiénique, des allumettes ou des boutons de bottines. Il est beaucoup trop tard pour changer de profession, si bien que je continue — égoïstement, mais en principe avec regrets — à jouir seul de tout. »

C'est dit : tout en travaillant sans arrêt, mais avec le soutien privé de sa belle-sœur, Minna, Freud a joui seul de tout.

Il est venu sept fois à Rome, la ville aux sept collines, et encore avec sa fille cadette, Anna, en 1923. Mais, là, c'est déjà la maladie (cancer de la mâchoire). Ça n'enlève rien à la splendeur italienne, seul remède contre l'ennui de l'indigente ère moderne.

Que dirait Freud aujourd'hui de la folie de l'ère planétaire ? Dès 1909, après son voyage en Amérique, il écrit :

« L'Amérique a été une machine folle. Je suis heureux d'en être sorti, plus, de ne pas devoir y rester. »

Et aussi :

« C'est tout de même très agréable de se retrouver à nouveau en Europe ; j'apprécie maintenant ce petit continent. »

En 1935, plus catégorique :

« J'ai toujours dit que l'Amérique n'est bonne qu'à se procurer de l'argent. »

On croirait entendre Stendhal parlant de Philadelphie.

Stendhal, on le vérifie dans ses chroniques de 1825-1826 pour des journaux anglais, a deux bêtes noires : les jésuites et Chateaubriand. Pour lui, les jésuites sont de retour avec la Restauration, ils pèsent sur tout, contrôlent tout, s'occupent de tout. Leur livre de chevet est le *Du pape* de Joseph de Maistre. Très dangereux, Maistre, puisqu'il pense que le pape a une autorité suprême, qu'il peut destituer les rois, les gouvernements, les parlements, imposer sa volonté comme bon lui semble. Maistre, pour Stendhal, est l'« ami du bourreau », c'est-à-dire de l'Inquisition. D'autant plus dangereux, même s'il vient de mourir à Turin, en 1821, qu'il écrit un magnifique français et qu'il a été franc-maçon dans les hautes sphères. Stendhal l'aime à l'envers, c'est clair.

Autre concurrent pénible : Chateaubriand, alors très célèbre, mais, lui aussi, royaliste endurci. Avec Balzac qui écrit, dit-il, à la lumière du trône et de l'autel (comme Saint-Simon à la lumière du Saint-Esprit), voilà un trio d'enfer. Qu'importe : *La Chartreuse*, ignorée à l'époque, durera plus qu'on ne croit.

Stendhal est mort sans avoir pu lire les *Mémoires d'outre-tombe*, livre dans lequel la retraite de Russie est admirablement imaginée et décrite. Mais enfin, il n'y était pas ! Sans doute, mais quel style ! Fair-play, avec quelques piques ici ou là, Stendhal l'aurait reconnu sans peine.

Quant aux jésuites, que sont-ils devenus ? Des ombres, même si on les retrouve un peu partout sur la planète, surtout en Chine, comme le prouve le somptueux dictionnaire franco-chinois, édité par leurs soins, à Taipei, le *Ricci*. Et qui lit encore *Du pape* de Joseph de Maistre ? À part moi, personne. Et d'ailleurs, malgré sa gloire, y a-t-il encore quelques happy few pour lire vraiment Stendhal ? Je veux dire : *sans cinéma* ? Dans le rythme, la phrase, les idées, l'esprit ?

« Je me suis fait une position dans le monde en ne refusant rien à mes amis, et en ne me refusant rien contre mes ennemis. »

Ou encore (toujours à travers le père Leuwen) :

« Cet homme ne redoutait au monde que deux choses : les ennuyeux et l'air humide. »

Inutile de dire que Minna n'est pas particulièrement intéressée par les épisodes lointains de la politique française. Mais, après tout, Stendhal lui-même s'en foutait peut-être éperdument, ayant comme unique boussole l'amour, encore l'amour, toujours l'amour, « the romance ». Comment était « Earline », la comtesse Cini ? Comme ci, comme ça, tantôt charmante, tantôt barbante, coquette, déprimée, narcissique, faussement gaie, inconsciente, rusée, comptable de ses effets. Voyez cette femme d'aujourd'hui : 50 ans, en paraissant 40, ravissante, elle pourrait prétendre à une grande carrière de courtisane intrigante. Mais les temps ont changé. Au lieu d'une vie très remplie, mais vide, elle a choisi une autre vie vide, ascension sociale continue, conseils d'administration. Elle monte, elle monte, elle a deux enfants, elle s'interdit le moindre plaisir amoureux. Supposons que Stendhal la rencontre : il est séduit, il « cristallise », s'imagine des choses que la nouvelle Métilde est bien incapable de concevoir, des choses *indécentes* qu'il se refuse à écrire. La nouvelle Métilde a bien remarqué ses manœuvres, et elle ne déteste pas lui donner des illusions. Lesquelles ? Elle ne tient pas à le savoir, mais les hommes, même les meilleurs, sont des animaux à pulsions incompréhensibles. De toute façon, il n'est pas question de céder à un emportement nuisible, réputation, carrière, enfants, tout se sait : il convient d'être irréprochable, ce qui ne demande aucun effort puisque la chair est dégradante et triste, les mères l'ont toujours dit, et avec raison.

Malgré ces dérobades, Stendhal s'obstine puisqu'il a besoin de « romance », c'est-à-dire d'intensité projective. Il a tort d'un point de vue réaliste, mais cela n'a rien à voir avec le plus-de-réalité de la fiction. En fait, la nouvelle Métilde est incapable de *romancer* sa vie, elle a vendu son corps au corps social, ce qui la rend, à part ses mots d'esprit souvent corrosifs, ennuyeuse. Elle n'est troublante que lorsqu'elle s'oublie dans des moments de mauvaise foi : elle se laisse prendre la main, donne quelquefois le bras à son amoureux (et même de façon *appuyée*), lui jette des regards complices qui s'adressent peut-être à un autre absent. Il surgit, elle l'embrasse sur la joue, il croit qu'elle cherche ses lèvres, mais si elle les trouvait par hasard, elle n'ouvrirait sûrement pas la bouche, toute proposition de langue est exclue. Pas de ça avec elle, ça la dégoûte. Les hommes et leur bestialité, quelle plaie. Elle peut faire un peu semblant, bien sûr, il faut vivre avec son temps, basse époque. Il n'empêche que le seul sujet intéressant est la position sociale et l'argent. Quel ennui, quelle tristesse.

Dans le *New Monthly Magazine* de février 1826, Stendhal invente un propos de Chamfort :

« Chamfort rapporte l'anecdote d'une chanoinesse qui, dans tous les livres qu'elle lisait, biffait d'un trait de crayon tous les mots qui commençaient par la lettre *h*, car chaque fois que cette lettre odieuse tombait sous les yeux de la chaste chanoinesse, elle lui rappelait le mot *homme.* »

Un peu plus loin, rendant compte d'un roman de la duchesse de Duras (gros succès d'époque, oubli total), il a cette formule énigmatique : « En vertu de la théorie métaphysique de l'association des idées, le nom de l'auteur, Duras, évoque un mot désagréable. »

Pauvre Duras, pas la duchesse, mais l'auteur de *L'Amant*, best-seller vers la fin du 20e siècle, Marguerite Duras, de son nom de famille *Donnadieu.* Pourquoi *Duras* évoque-t-il un mot désagréable, comme la lettre *h* dans le cas de la chaste chanoinesse ? Il faut évidemment prononcer *Durat* (la duchesse de Durat comme dans « ras le bol »), et entendre, à part le mot *rat,* qui n'est pas particulièrement agréable, la suite *Duras-rat-rater.* « Prendre un rat » est une expression attestée dès 1650, signifiant arme à feu qui rate, c'est-à-dire dont le coup ne part pas. Le roman de la duchesse, *Olivier,* évoque, de façon contournée et précieuse, l'impuissance masculine. *Armance,* de Stendhal, est plus explicite, et on retrouve ici la trace du ratage physique, autrement dit du *fiasco.*

Dans les « cristallisations » de Stendhal (Métilde, Earline), le risque, si ça marchait, serait le *fiasco.* C'est fait pour ne pas marcher, d'où la « romance ».

Envie de risquer un *rat* avec la peu stendhalienne Marguerite Duras (voix saccadée, autoritaire, rauque) ? Mais non, puisqu'elle n'évoquait pour moi aucune idée sensuelle. J'étais encore jeune, je suis resté froid, elle m'a deviné, elle m'a détesté. Je venais de publier *Femmes,* livre qui l'a exaspérée, et pour cause. Dans un de ses entretiens, elle se moque de ma tête de moine et pense que je suis « désespéré ». C'est parfait.

Minna n'a jamais pensé « faire carrière » dans l'université ou ailleurs. L'idée de prendre du pouvoir dans un tourbillon accéléré de dévastation lui est étrangère. Elle ne comprend pas les contorsions, les compromis, les reptations, les simulations. Pas de névrose hystérique, ou si peu. Elle aime sa vie indépendante, sa fille, son appartement à Venise. Je peux m'ajouter à cette liste résolument italienne.

Il est quand même étrange que Stendhal parle d'une « théorie métaphysique de l'association des idées » à propos des noms. Comme s'il y avait une science des noms dont il serait le premier explorateur, lui, l'homme aux cent pseudonymes, un pour chaque situation ou chaque désir. Passer de Beyle à Stendhal, en ajoutant un *h* à la ville allemande de Stendal, n'allait pas de soi, pas plus qu'Abram changé en Abraham dans la Genèse. Déchiffrer les noms, voir à travers eux, les entendre d'une certaine façon, voire les transformer en cours de route, est, après tout, une prérogative divine, un souci sexuel de *God*.

Vous ne savez pas *qui* est là, tout près de vous, aujour-d'hui, chère comtesse. Vous êtes insensible au vrai nom, vous n'enregistrez que les faux noms du Spectacle. En 1840, ce sont des nobles, des cardinaux, des militaires, des ministres, des propriétaires comme M. de Rênal, dont la femme, pourtant, va *entendre* Julien, comme le fera aussi Mathilde de La Mole. Aujourd'hui leur nom est légion, acteurs, actrices, chanteurs, chanteuses, présentateurs de télévision, affairistes et hommes politiques interchangeables. Bonsoir monsieur Stendhal, que dites-vous du ministre de l'Intérieur ? Et de ce G20 de la dernière chance ? Que pensez-vous de la crise et de la détérioration du climat ? Croyez-vous au danger des pays émergents à la faveur de la mondialisation ? La Chine, surtout, m'inquiète. Avez-vous lu ce dernier roman dont on parle ? Étiez-vous au festival de Cannes ? Ah, vous écrivez ? Des romans ? Avec l'Italie *en toile de fond* ? Mais c'est passionnant ! Surfez-vous sur la Toile ? Avez-vous un *blog* ?

La lettre *h* est aussi un *H*, elle peut désigner tout homme, surtout s'il s'appelle Henri. Henri Beyle, Henry Brulard, d'accord, mais personne n'aurait l'idée de parler de Henri Stendhal. Pas de prénom pour Stendhal, Stendhal c'est Stendhal, point. Qu'il ait expérimenté la censure automatique portant fémininement sur l'*homme* est quand même une date. La chaste chanoinesse n'a fait qu'exacerber et mettre en lumière ce que toute femme pratique plus ou moins en secret ou à son insu. Comme le dit un proverbe chinois : « Un homme ne laisse pas plus de traces dans une femme qu'un oiseau dans le ciel. » Des enfants, éventuellement, mais pas en tant qu'homme, en tant que fonction. Les géniteurs sont des fonctionnaires du ciel, les oiseaux, eux, sont des hors-la-loi.

Il est logique que Stendhal, probablement dans un moment de fatigue, ait pensé à épouser Giulia Rinieri, laquelle avait d'autres amants, mais le célibat, malgré ses lourdeurs, lui a toujours semblé préférable. Quant à devenir « père », ses livres lui ont suffi. Il a engendré Julien, Fabrice, Lucien, il s'est donné des maîtresses, dont la plus vertigineuse, Gina, a été pleinement à lui sous le nom de Mosca (retraite de Russie, victoire de Mosca).

Chambre au midi, cinquième étage…

Minna :

« Tu ne t'es jamais ennuyé ?

— Non. Colère ou rage pour sortir de certaines situations, des tas d'ennuis, mais jamais d'ennui.

— À ton avis ?

— Abîme juste à côté, mort palpable, merveille des couleurs, curiosité intense.

— Mystique ?

— Non, l'évidence. Vide lumineux sans moi, chambre au midi, table, papier, encre, lit. »

« En arrivant dans une ville, je demande toujours :

1° quelles sont les 12 plus jolies femmes ;

2° quels sont les 12 hommes les plus riches ;

3° quel est l'homme qui peut me faire pendre. »

Mais n'oublions pas :

« J'aime mieux cent absurdités atroces qu'un seul pendu. »

Bien : parmi les douze plus jolies femmes d'une ville, il y en a sûrement une ou deux qui sont en affaires plus ou moins discrètes avec l'homme qui peut faire pendre le visiteur. Ce dernier doit les repérer au coup d'œil, à la voix, à la surenchère dissimulée, à la crainte des autres invités des salons. Sur les dix autres, moins immédiatement dangereuses, la majorité doit appartenir à des maris riches. Ont-elles un ou plusieurs amants ? C'est devinable. La nouvelle

Mme de Rênal est réservée, rêveuse, mélancolique. La nerveuse Mathilde de La Mole, en revanche, est surexcitée, on sent qu'elle se récite intérieurement des choses comme ça :

« Oui, c'est l'amour avec tous ses miracles qui va régner dans mon cœur ; je le sens au feu qui m'anime. Le ciel me devait cette faveur. »

Ce genre de fille n'existe plus ? Mais si, et elle est prête à un grand scandale qu'on pressent dans sa façon de contrarier son père à chaque instant. Elle lit des livres défendus par son milieu, son caractère est brusque, contradictoire, entier, elle écrirait aujourd'hui dans un magazine d'extrême gauche. Elle admire d'ailleurs beaucoup un ex-gauchiste notoire : « Il méprise les autres, c'est pour cela que je ne le méprise pas. » Bref, selon une formule pas assez célèbre, elle cherche un maître sur lequel régner.

L'amant est-il là ? Peut-être. C'est un jeune professeur de philosophie, d'origine modeste, beau, en retrait, promis à une grande carrière médiatique. Il s'occupe de l'éducation des enfants.

Le visiteur a donc le choix entre cinq ou six femmes qui, visiblement, s'ennuient. Il s'agit maintenant d'éliminer les prudes, il suffit de les écouter cinq minutes, ça parle tout seul. Les autres attendent quelque chose, mais quoi ?

Oh, elles ont bien vingt sorties en perspective, cocktails, dîners, cinéma, opéra, mais l'*amour-passion* n'a pas encore frappé leur système nerveux. Deux d'entre elles écrivent des romans d'amour à l'eau de rose, elles pourraient faire des progrès, mais les ventes en souffriraient. Ici, le père Leuwen lève son verre et porte un toast à son fils absent, Lucien, qui défraie la chronique :

« Heureux qui bat la campagne par l'effet d'une passion ! Et mille fois heureux celui qui déraisonne par amour, dans ce siècle où l'on ne déraisonne que par impuissance et médiocrité d'esprit ! »

Cette tirade jette un froid autour de la table, mais est applaudie par Mathilde de La Mole et le jeune philosophe prometteur. Mme de Rênal a un malaise. Les hommes sont furieux, les prudes vexées, ces propos d'un homme d'affaires sérieux mais fantasque seront rapportés le soir même à la surveillance locale. Tout le problème, pour le visiteur, est de savoir si parmi les quelques jolies femmes possibles, en attente d'une révélation « à l'ancienne », il y en a au moins une pour qui l'amour physique n'est pas d'abord une « corvée » (menace pour leur teint et leur réputation sociale). Y en a-t-il une *qui sait se taire* ? Stendhal se dit qu'il pourrait tenter le coup, par exemple avec la coquette Mme d'Hocquincourt qui va jusqu'à lui dire dans un coin, « avec une petite moue philosophique charmante » : « Tâchez de me rendre folle, je ne m'y oppose pas. »

Ici, il faut préciser que, grâce à ses Privilèges, Stendhal a changé de corps, et se présente, avec beaucoup d'esprit, en homme d'une trentaine d'années, grand, mince, ardent. Mme d'Hocquincourt deviendra-t-elle folle ? Réponse au chapitre suivant. Si oui, le visiteur pourra écrire, comme il l'a fait un jour : « Réellement, je dois une petite statue à la *Fortune.* »

Mais c'est peu probable : la soirée traîne en longueur, et puis Gina veille, sans parler de Clélia. Elles viennent d'arriver, elles s'interposent entre la d'Hocquincourt et Fabrice. La supérieure et libre Gina adore son neveu, mais se l'interdit physiquement. Clélia l'adore aussi, mais est bourrelée de remords par rapport à son père qu'elle trahit. Elle cédera, à l'aveugle, sera enceinte, mourra.

Julien, dans *Le Rouge et le Noir,* n'est pas pendu mais guillotiné :

« Jamais cette tête n'avait été aussi poétique qu'au moment où elle allait tomber. » Comme on voit, la poésie coûte cher.

Restons avec Fabrice :

« Il aperçut sa barque qui battait l'eau, elle vint au signal convenu. »

Il y a des moments rares, dans l'Histoire, où personne ne meurt et où on s'amuse vraiment. Ces moments sont en général *punis* :

« Tout ce qui était vieux, dévot, morose, reparut à la tête des affaires, et reprit le contrôle de la Société. »

Ruse de la Restauration, suivie d'un affairisme financier de plus en plus spectaculaire et « culturel » :

« À mesure que les demi-sots deviennent plus nombreux, la part de la *forme* diminue. »

« Bientôt, le dégoût de faire ma cour à des faquins sales me fit cesser de voir des journalistes. »

Résultat : zéro article pour *La Chartreuse de Parme*, sauf celui de Balzac.

Ce qui se comprend :

« Plus je deviens différent des autres, plus il faut qu'un homme sorte de lui-même pour m'approuver ; donc plus je m'approche de moi, bien moins je dois être loué. »

Des amis ? Mais il n'y a pas d'amis :

« Je ne choisis pas mes amis. *Je prends au hasard ce que le hasard place sur ma route.* Cette phrase a fait mon orgueil pendant 10 ans. »

Et pourquoi pas d'amis ?

« Tout bon raisonnement offense. »

Ou plutôt, puisque nous avons affaire à un caractère passionné :

« Un homme passionné ne pense qu'à soi, un homme qui veut de la considération ne pense qu'à autrui. »

Très peu de considération, de son vivant, pour M. Stendhal.

Et toujours la mémoire à vif :

« Je ne me souviens, après tant d'années et d'événements, que du sourire de la femme que j'aimais. »

Ou bien, cette chambre de jeunesse à Paris :

« J'étais tout content de ma chambre sur les jardins, entre la rue de Lille et de l'Université, avec un peu de vue sur la rue de Bellechasse. »

Cette chambre se situait dans une maison ayant appartenu à un girondin célèbre, suicidé pendant la Terreur, Condorcet. Il avait, dit Stendhal, « une jolie veuve ». Composée en prison, l'*Esquisse d'un tableau historique des progrès de l'esprit humain* doit être poursuivie aujourd'hui, malgré les obstacles. Lors de son arrestation, Condorcet avait du poison sur lui, il l'a utilisé, et il a bien fait : c'est mieux que la guillotine. Il a été plus chanceux que Chamfort qui, au moment d'être arrêté, s'est fait sauter l'œil droit d'un coup de pistolet, et a continué en se tailladant au rasoir la gorge et les cuisses, sans parvenir à en finir, dans une mare de sang. Lui non plus ne voulait pas retourner en prison. Il est mort quelques mois plus tard, mais libre.

Stendhal tient bon sur la Révolution et Bonaparte, esquive la Terreur pour ne pas renier sa révolte à l'âge de 10 ans, puis multiplie les signaux en direction du 18e siècle. Réactionnaire ? Non, sensualiste. D'où l'Italie, et c'est une question de *couleurs* :

« Le caractère timide du Français fait qu'il emploie rarement les couleurs franches : vert, rouge, bleu, jaune vif ; il préfère les nuances indécises. »

Même indécision quand il écrit.

Le Français arrive à Venise, et il est surpris de voir ces murs verts, roses, vermillon, ocre, des murs *tirés du soleil*, pour répercuter une lumière qui ne faiblit pas, même sous la pluie et l'orage. Le mieux qui puisse lui arriver est d'être vite débordé par une jolie jeune femme italienne qui, sans en avoir l'air, l'a *choisi*. Pourquoi ? Parce que ça lui plaît, et qu'elle a pour principe de faire ce qui lui plaît. Elle ment ? Pas plus qu'il ne faut, puisqu'elle est vivante. Si c'est une enfant de Venise (comme Minna), *la nave va*.

Fabrice del Dongo, dans *La Chartreuse*, est l'enfant naturel d'un soldat révolutionnaire français et d'une marquise italienne. Cette *greffe* nous mène loin, de Waterloo (où Stendhal n'a jamais mis les pieds) à Milan, puis à Parme, avec une chartreuse qui n'a jamais existé, pas plus que la tour Farnèse. Waterloo, au lieu d'une défaite, devient une victoire, une perfusion d'énergie. Après Napoléon, la France s'étiole, mais l'Italie endormie est à prendre. Pas si endormie que ça, puisqu'il y a Gina.

Tout cela se passe sans raisonnements superflus, à l'intuition, à l'instinct, au goût ; mais l'air amoureux qu'on respire est aussi parcouru d'intrigues, de complots, de renversements de situations, de codes. En un sens, la comédie fonctionne toute seule, il suffit d'utiliser sa force, en ne cédant pas aux préjugés ni à la morale : « Tout but moral tue tout ouvrage d'art. » Débrouillez-vous ou partez, rien n'a tellement d'importance, puisque c'est bien ici qu'il faut vivre, près de la Salute, nulle part ailleurs.

J'observe Minna à la dérobée : elle ne blesse jamais l'espace, je veux dire qu'elle s'enveloppe en lui avec naturel, gestes précis, pas d'efforts, une danse. Le café est le café, le thé le thé, le pain le pain, le vin le vin. Elle m'amène doucement à l'existence des marins sur terre, celle qui ne blesse pas le temps parce qu'il y a un surplus de temps. Un verre est un verre, une assiette une assiette, un pull un pull, un foulard un foulard. La voix est dans la mélodie de la voix. Les meilleurs moments sont le petit déjeuner, le dîner, un « point » vers 5 heures de l'après-midi, la balade en mer s'il fait beau. Et quand il fait beau à Venise, il fait beau à fond, comme dans les îles. Des musiciens comprennent ça instantanément.

Il y a une vivacité italienne sur fond de silence. Minna est très silencieuse, complicité avec les chats qui, ici, viennent de loin et de nulle part. Les mouettes et les cloches sont là pour approfondir ce silence, comme le bruit des bateaux. Je regarde Minna lire, et elle lit. Ses yeux voient ses yeux, ses mains deviennent ses mains. Elle vient de rapporter du marché aux fleurs de grandes brassées de lilas mauves. Avec elle, les fleurs sont des fleurs, et voilà.

Ce qui prouve que Stendhal transmet une joie singulière. On ne vit pas du tout comme lui, ses histoires sentimentales sont d'un autre temps, mais, *nerveusement*, il émet un message spécial. Il *rajeunit*. Vous prenez un Français décalé, vous le plongez en Italie, et, s'il a des qualités sensibles, il fleurit. Il suffit de trouver cette Italienne, mère, fille, sœur, camarade, amante, tout ça. Matilde Viscontini, autrefois, a peut-être rêvé de Minna Viscontini, qui, elle-même, rêve de son enfant musicienne, Clélia, qui joue déjà beaucoup mieux, plus en douceur et en profondeur, que sa grand-mère. Et, pour moi : « Mille fois heureux celui qui déraisonne par amour, dans ce siècle où l'on ne déraisonne que par impuissance et médiocrité d'esprit ! »

Mais je ne déraisonne pas. J'aime Minna, et elle m'aime, je crois, parce que je ne blesse pas son espace. C'est ce que dira peut-être un jour, s'il existe, un honnête mémorialiste chinois.

« 20 juin 1832, 15 pages en 1 heure. »

Quand Stendhal, à la fin de sa vie, rentre en France, il note :

« Plan 27 mars. Voyage : le bateau à vapeur jusqu'à Marseille. Acheter dix foulards à Livourne, et vingt paires de gants chez Gagiati à Rome. Absolument la malle-poste à Marseille, fût-ce celle de Toulon à Bordeaux pour éviter le dégoût de Valence à Lyon. »

Et aussi :

« Je ne me sens de transport que pour Giulia. Un logement au midi rue Taitbout. »

Pourquoi tous ces foulards et ces gants ? Pour éblouir Giulia Rinieri, avec laquelle il n'a jamais vraiment rompu et qui le « transporte » ?

La rue Taitbout est dans le 9e arrondissement de Paris. Et c'est là qu'il faut trouver, c'est essentiel, un *logement au midi.*

Dans la technique et la stratégie qui consiste à être toujours là et jamais là, Stendhal a été un grand professionnel. C'est plus compliqué qu'on ne croit. D'un côté, je m'appelle Henri Beyle, je suis souvent à Paris, mes activités sont connues, mon dossier de police est épais. Enquêtes, en province, sur ma famille et mes proches, rien, heureusement, sur mes convictions terroristes, en 1793, lorsque j'ai 10 ans. Longs passages sur les Daru, leurs emplois sous Napoléon, ici un point rouge. Ce Beyle doit tout au règne de l'Usurpateur qui a conduit la France à s'agenouiller en Europe (ce qui ne l'empêche pas d'écrire dans les journaux anglais). Beyle n'a retrouvé une situation qu'avec peine, on l'a cantonné dans un bled où il effectue son travail avec des retards, puisqu'il est le plus souvent à Rome, on se demande pourquoi. Attention : il a gardé un réseau de relations, c'est un brillant causeur à l'esprit acide, on le voit ici ou là, et il peut être reçu au plus haut niveau (là encore, on se demande pourquoi). La police autrichienne l'a identifié comme libéral dangereux. On lui prête des maîtresses, notamment italiennes. Célibataire, athée, familier des bordels. Quoique sous surveillance constante, inexplicablement accrédité par le Saint-Siège.

De l'autre côté, je m'appelle Stendhal, je suis l'auteur de quelques livres, mais surtout d'un roman très immoral, *Le Rouge et le Noir*, succès en 1830. Je prétends à une postérité continue grâce à un autre roman, *La Chartreuse de Parme*, livre bizarre et brouillon, qui n'a aujourd'hui, Dieu merci, que quelques amateurs. Il est clair que, sur le plan social, le seul qui compte, je végète, je vieillis, je suis diminué, je m'ennuie. Comme les journalistes ne m'aiment pas, je suis mort. Pourtant, personne n'a été enterré sous le nom sans prénom de *Stendhal*.

Arrigo Beyle a disparu en italien, Stendhal est périodiquement réimprimé en français. Avoir deux noms publics est déjà très fort. À partir de là, romanesquement, plein d'autres.

Il fut un temps où les hommes croyaient faire l'amour, et où la plupart des femmes faisaient constamment des enfants dont la majorité mourait en bas âge. Tout ça marchait au petit bonheur. Les rois avaient des reines et des maîtresses, des descendants légitimes et des bâtards encombrants. Ça vivait, ça courait, ça mourait, ça n'allait nulle part, sauf au ciel ou en enfer, c'était du théâtre. Il suffit de lire Saint-Simon côté cour, ou de suivre, côté jardin, les aventures de Molière. Pour le ciel ou l'enfer, vous avez Bossuet ou Pascal. Ce spectacle s'est achevé il y a deux siècles.

Après quoi l'Histoire a, paraît-il, un sens, la bourgeoisie s'en est occupée, elle a été monogame, hypocrite, héritière, elle s'est fait peur, de temps en temps, avec la société en mouvement, elle a résisté, planifié, organisé son opposition, tout en gardant ses réserves financières. Puis elle s'est largement ouverte, en apparence, aux classes moyennes, foule de domestiques contente d'être abusée avec sa participation active. La pensée, déjà à bout de souffle, s'est éteinte dans un langage stéréotypé et une surveillance globale. Les corps humains sont fabricables, les livres aussi. On en publie encore des milliers qui partent aussitôt en fumée.

On a peu lu ce prophète de la fin du 19e siècle :

« La diffusion de la culture n'est qu'un stade préparatoire du communisme. De cette façon, la culture s'affaiblit au point qu'elle ne peut plus conférer aucun privilège. La plus grande diffusion de la culture, c'est-à-dire la barbarie, est justement la condition préliminaire du communisme. D'une culture adaptée au *temps présent*, on passe à cet extrême, la culture adaptée à l'*instant présent*, c'est-à-dire une façon grossière de s'emparer de l'utilité momentanée. Si l'on croit que la culture a une utilité, on confondra rapidement ce qui est utile avec la culture. La culture généralisée se transformera en haine de la vraie culture. »

Où on voit que le communisme, le vrai, pas l'épouvantail proposé par ruse à sa place, s'installe au grand jour, pour la plus grande gloire du capitalisme financier.

Et aussi :

« Dans ce siècle d'impressions rapides et

superficielles, le livre le plus dangereux n'est plus dangereux ; il cherche les cinq ou six esprits assez profonds pour le comprendre. Et, par surcroît, quel mal y a-t-il à ce qu'il aide à détruire une pareille époque ? »

Nietzsche (puisque c'est lui) dit que, venant de découvrir Stendhal avec admiration, tout le monde, s'il prononce son nom, lui demande de *l'épeler*. Personne n'en a entendu parler.

Minna est intelligente, belle, courageuse, jolie. Elle n'est pas de son époque ni d'aucune autre époque, *ce qui est précisément possible aujourd'hui.* Cela dit l'époque continue à croire aux époques, elle enregistre même ce qui l'a dérangée à son époque, et classe les noms qu'elle n'a pas pu censurer dans les dictionnaires ou les encyclopédies. Ainsi pour Stendhal :

« Son style nerveux fait vivre dans une action rapide des héros lyriques qui dissimulent une grande sensibilité sous un apparent cynisme. »

Ce n'est pas faux, c'est même vrai.

L'époque ne revient jamais sur ce qu'elle a décidé. Elle n'a jamais eu tort, elle se donne raison, elle lègue ses jugements à l'époque suivante. Ça prend parfois du temps, mais le temps des époques est souverain, même si l'oubli et le divertissement règnent. Vivez, pensez, écrivez, vous êtes déjà archivé.

Montons maintenant dans la montagne avec Julien Sorel, à la fin du chapitre X du livre I du *Rouge et le Noir* :

« Julien, debout, sur son grand rocher, regardait le ciel, embrasé par un soleil d'août. Les cigales chantaient dans le champ au-dessous du rocher, quand elles se taisaient tout était silence autour de lui. Il voyait à ses pieds vingt lieues de pays. Quelque épervier parti des grandes roches au-dessus de sa tête était aperçu par lui, de temps à autre, décrivant en silence ses cercles immenses. L'œil de Julien suivait machinalement l'oiseau de proie. Ses mouvements tranquilles et puissants le frappaient, il enviait cette force, il enviait cet isolement. »

Stendhal ajoute, avec un humour grinçant :

« C'était la destinée de Napoléon, serait-ce un jour la sienne ? »

Archivé.

Dictionnaire :

« Sorel, Julien : d'origine modeste, il lutte contre sa sentimentalité naturelle en s'obligeant à l'ambition et à l'énergie. »

La province française, en 1830, guillotine un séminariste forcé qui, dans d'autres circonstances, aurait pu être Napoléon. Plus de cinquante ans plus tard, un tout autre personnage, qui n'est pas d'origine modeste, le Zarathoustra de Nietzsche, voit venir vers lui, dans le ciel, un aigle et un serpent.

Aucune photo, à l'époque, ne signale ce phénomène.

Italie : Milan et Rome pour Stendhal, fin de partie à Turin pour Nietzsche.

Minna, sur un ponton des Zattere, essaie de lire un gros roman américain encensé par la presse littéraire. Elle n'y arrive pas, ça la barbe. Au bout de vingt pages, elle abandonne cette histoire chaotique, semblable à un film dix fois filmé et aussitôt oublié. L'immense romancier, très soutenu par son agent de New York (qui touche 15 % sur les ventes), fait un tabac, surtout en France. Les Français, les Françaises, sont très généreux : pourvu qu'aucun auteur français ne vienne les déranger dans leur langue, ils se prosternent devant les puissants génies qu'on traduit sans cesse pour eux. Le colonisé avale tout : peu importe que l'histoire soit cafouilleuse, sombre, répétitive, violente, sans musicalité ni amour, c'est toujours mieux que de s'appuyer des vieilleries comme *La Chartreuse de Clèves* ou *La Princesse de Parme.*

Minna me tend le bouquin, je le jette dans l'eau, il ira pourrir sous Venise. Au loin, un groupe de touristes américains, presque tous et toutes obèses, passe en jacassant le yankee. Ils vont voir une exposition d'art contemporain. Tout va bien, on est invisibles.

Et voici une interview de l'immense écrivain, avec immense photo mangeant la page. Question de la journaliste :

« Pourquoi les Anglo-Saxons écrivent-ils des histoires, quand les Français se contentent souvent de romancer leur vie ? »

Réponse :

« Je ne sais pas trop, il y a peu de littérature française traduite, et j'imagine que ce n'est pas pour rien ! (*rires*). Mais, aux États-Unis ou en Angleterre, il y a cette tradition : les écrivains savent qu'ils sont en compétition avec la télévision, le cinéma, et, aujourd'hui, les jeux vidéo. Le livre connaît une véritable crise. Si les écrivains se contentent de décrire leur vie misérable, le livre est mort. »

Comme quoi un écrivain français ne peut raconter qu'une vie « misérable » puisqu'il s'agit d'un indigène malheureux de troisième classe. Son livre est mort, il est mort, je suis mort. La journaliste est française : elle ne voit aucun inconvénient à ce que je sois mort.

Après le coup d'éclat du *Rouge et le Noir*, qui tombe à pic dans une situation sociale révolutionnaire (c'est en France qu'il y a des révolutions), Stendhal s'ennuie. En 1832, il écrit *Souvenirs d'égotisme* (aussi peu anglo-saxon que possible, malgré son titre), et, en 1835, il commence *Vie de Henry Brulard* (impossible à filmer, donc marginal). Pourtant, c'est *Lucien Leuwen* qui l'occupe, un livre qu'il va vite juger « impubliable » dans un pays miné de partout par l'argent. Il attend que cesse la « comédie » du règne de Louis-Philippe (« le plus fripon des Kings »), mais cette comédie va durer au-delà de lui, puisque la révolution de 1848 a lieu six ans après sa mort.

Et puis, le « roman », est-ce bien la peine ? Balzac n'a-t-il pas raflé la mise, en attendant le cinéma, la télévision, les jeux vidéo ?

« 25 mai 1834 : 19 pages avant 4 1/4. Jamais moins d'idées et de volonté en commençant. Donc *forcer.* »

Il s'obstine, il abandonnera bientôt.

« 12 mai 1835 : première envie de tomber à droite dans la tête à la 114e page. »

Le roman, c'est bien, mais l'observation de soi en train d'écrire, c'est mieux. Une fois qu'on a lu les romans de Stendhal, on les relit pour trouver, presque à chaque page, des signaux discrets ouvrant sur une expérience tout autre du réel et du temps. Il lit beaucoup les journaux, ce romancier, six ou huit par jour, et il constate que le roman de l'actualité s'écrit tout seul avec une force insurpassable. *Lucien Leuwen* est de plus en plus *rattrapé* par la corruption d'époque (ce n'est qu'un début). Les scandales, les élections trafiquées, les délits d'initiés en Bourse, le pouvoir de la spéculation, la fausseté des relations amoureuses, voilà les nouvelles questions. Le 14 mai 1835, après relecture de son manuscrit, il note :

« Si ceci ne vaut rien, j'aurai perdu un an de travail ; il valait mieux faire les *Mémoires* de Dominique. Les détails de cet autre travail m'en ont éloigné. »

Et pourtant, « Dominique », l'« animal », tient le coup :

« Hygiène de l'animal : le vin de Champagne (4 verres dans la soirée) me rend gai, allègre ; vie physique agréable le lendemain. »

C'est un duel avec le temps :

« Travail jusqu'à étourdissement et épuisement de la machine, puis la soirée arrive, et j'ai besoin d'une forte *distraction*, un salon, un peu d'amour si je peux, ou une orgie. Il faut que le matin j'aie tout oublié. En lisant 3 ou 4 pages du chapitre de la veille, le chapitre du jour me vient. »

Mais attention :

« Il ne faut pas relire plus de 3 pages en commençant la séance de travail, autrement le *feu* s'use à corriger. »

Il faut écrire vite et sec, tenir le pas gagné. Ce n'est qu'en faisant un long détour par sa mémoire enfantine que Stendhal trouvera la force de composer la grande fugue de *La Chartreuse*, écrite en France mais réinventant l'Italie. Désormais, il se fout carrément de tout, l'horizon n'est plus national mais intime, l'évasion et la transfusion italiennes, longtemps attendues, ont lieu. Fabrice, Gina, Mosca, Clélia, et bien d'autres, jaillissent de la rue Caumartin, à Paris, chevauchée mémorable plus loin que la nuit. Après la retraite de Russie et la défaite de Waterloo, Stendhal lance donc une nouvelle *campagne d'Italie*, il refait l'Histoire, il réussit là où Napoléon a échoué, il est le seul Français à sauver l'honneur de son siècle. « Dans les grands dangers je suis naturel et simple. » « Je me suis sauvé à force de résolution ; j'ai souvent vu de près le manque total de forces et la mort. » Et puis :

« Seul moyen de s'opposer au malheur : le courage. »

Le courage, c'est bien de rester seul pendant des heures en n'espérant rien, pendant qu'une comédie sans intérêt se poursuit cinématographiquement au-dehors. Mais, encore une fois, le « roman » est-il la bonne solution ?

« Le roman est-il une composition essentiellement éphémère ? Si vous voulez plaire infiniment aujourd'hui, il faut vous résoudre à être ridicule dans 20 ans. Depuis que la démocratie a peuplé les théâtres de gens grossiers, incapables de comprendre les choses fines, je regarde le roman comme la Comédie du 19e siècle. »

Malgré l'acharnement du marché affolé du livre, le roman à l'ancienne est bel et bien fini, et on pourra multiplier les colloques, les rassemblements, les « assises », rien n'empêchera que le cinéma soit la vraie Comédie du 20e siècle, laquelle s'achève d'ailleurs ces jours-ci. Un roman conventionnel sans film à la clé n'a pas besoin d'être écrit, et personne ne pense à mettre en scène (sauf ridicule assuré) *La Chartreuse de Parme.* Les romans n'en déferlent pas moins, les films aussi, mais chacun et chacune sent confusément que *ça ne se passe plus là,* dans un régime que Stendhal appelait de son temps « L'Éteignoir », mais qui, désormais, mérite plutôt le nom de Néantisation permanente. Ce qui reste ? La proximité la plus proche, *un plus-que-roman* (celui-ci, par exemple), dont le vieux roman, vexé, dira, bien entendu, qu'il ne s'agit pas d'un roman.

Voyez, par exemple, l'apparition de Mina de Griesheim (Mina avec un seul *n*), dont Stendhal a été amoureux sans suite à Brunswick : « Une blonde à figure douce, et à fond grandiose, souvent éclipsé par les bêtises de la prétention et de la timidité. » C'est bien le problème : le « fond grandiose » *s'éclipse*, au point qu'on peut se demander s'il a vraiment existé.

Et pourtant il existe, comme le prouve cette lettre de « Menti » (Clémentine Curial) que Stendhal évoque de la manière suivante : « Quant à l'esprit, Clémentine l'a emporté sur toutes les autres. » Ils ont eu une liaison passionnée, orageuse, ce qui n'empêche pas qu'après leur rupture elle lui écrit un jour :

« Vous m'êtes nécessaire, sans vous je me débarrasserais de la vie, car ce n'est que sur vous que je m'appuie pour prendre un peu de forces. »

Et puis Giulia, bien sûr, celle qui lui a fait, en 1830, une déclaration d'amour avec passage à l'acte, celle qu'il a voulu épouser, et qui, par une « lettre fatale », lui a annoncé son mariage. Il la revoit plus tard, « tendres liens », disent les biographes. C'est une belle Italienne, originaire de Sienne, et son abréviation dans les codes de Stendhal est « Si », « the amica of eleven years ».

Toutes ces femmes réelles se mélangent et laissent, le plus souvent, un souvenir mitigé. Transformées en roman, elles sont inoubliables. On rêve du contraire : des femmes de la vraie vie passant directement en romans. Stendhal a été malheureux, repoussé, trompé, écarté, à cause de sa « sensibilité folle, de son âme sensible jusqu'à l'anéantissement et à la folie », mais il ne s'est jamais résigné, il a maintenu que l'amour *devait* exister, sinon tout serait d'un ennui mortel. Il cherche, il trouve, il est désabusé ou largué, et pourtant il recommence, et voici encore la comtesse Cini, à Rome, « Earline », « last romance ».

Signalement de Giulia, par Michel Crouzet, dans sa grande biographie de Stendhal :

Visage d'un ovale parfait, immenses yeux noirs pensifs et tristes, petit sourire énigmatique. Autre portrait : finesse de taille, grâce enfantine et svelte, bouche mutine et ironique, yeux amusés qui regardent droit avec une lueur profonde et gaie, et, plus tard, un air de franchise ironique et volontaire, regard posé, tranquille, froid, mais lèvres souriantes, moqueuses, réticentes.

C'est la meilleure partenaire de Stendhal. Elle l'a elle-même choisi.

Ces femmes ont respiré, vécu plus ou moins longtemps, menti sous des accoutrements visant à cacher leur nature. Des robes surchargées, des manches gigot, des nœuds, des rubans, des chapeaux extravagants, et, pour les cheveux, des tonnes de boucles. Il a fallu très longtemps, et des désastres massifs, pour que le mystère supposé et le voile des apparences se déchirent. Une fois le nu féminin exhibé partout, l'Histoire tourne, l'origine du monde humain s'enfonce dans de nouveaux dessous. Quels sont les traits de la « beauté lombarde » chez Minna ? Oui pour la finesse de taille, la bouche mutine et ironique, les yeux amusés qui regardent droit avec une lueur profonde et gaie. Et oui, aussi, pour l'air de franchise ironique et volontaire. Elle ressemble donc davantage à Giulia qu'à Matilde, sauf qu'elle est le plus souvent en jeans et tee-shirt, c'est-à-dire, si elle veut, nue très vite, en souplesse.

Les femmes occidentales ont plus changé en cinquante ans qu'en deux siècles, et Stendhal approuve cette évolution rapide. Il n'y a plus de salons ni de conversations ? Qu'importe, puisque la solitude est devenue la seule aventure. Le Privilégié revient dans le temps avec sa bague magique : il se donne le suffrage à vue, peut faire disparaître 300 touristes et 10 artistes contemporains par jour, 100 journalistes et 4 ou 5 intellectuels bavards par semaine, 50 cinéastes par mois, et 600 mauvais écrivains ou écrivaines par an. Rien ne lui résiste, le vrai roman continue.

« Dominique », « Darlincourt », « Lisio Visconti », « Salviati », « Delfante » sont les identités rapprochées multiples du Privilégié. À l'époque de *De l'amour*, alors qu'il est rendu « fou d'amour » par les dérobades de Matilde-Métilde, il note de façon lucide :

« Règle de conduite : faire toujours attention à ceci : les femmes seules peuvent me distraire de Matilde. Les femmes, et non le travail. »

Matilde, dit-il, a été l'auteur (« the author ») de *De l'amour*. Je peux bien dire que Minna est l'auteur de ce livre-ci, même si c'est moi qui l'écris. Je n'ai pas besoin de me distraire d'elle : l'amour-goût est satisfait, l'amour-passion est un trésor temporel.

On perd souvent la trace de Stendhal dans les tourbillons de l'Histoire, mais, en composant le code qu'il faut, on la retrouve vite. Le voici chez Manet, en 1872, admirant le portrait de Berthe Morisot au bouquet de violettes, puis chez les impressionnistes en train de ressusciter les paysages français. Il est à Rome lors de la Première Guerre mondiale, et à Londres pendant la Seconde. On l'aperçoit, dissimulé, dans une émeute d'étudiants à Paris. Il adore plus que jamais Shakespeare et Mozart. Il tombe brusquement amoureux d'une cantatrice italienne, et la suit un peu partout, à New York, à Bordeaux, à Naples, à Shanghai. On le reconnaît entre mille à ses mots d'esprit, les ventes de ses livres n'ont pas cessé d'augmenter, il reprend et amplifie ses *Privilèges*, petit traité qui devient un gros volume sur papier bible, chef-d'œuvre planétaire du 21e siècle, et bréviaire de tout esprit libre. Il est aimé, il est détesté. Il passe, glisse, s'éclipse. Personne ne sait qui il fréquente vraiment, quels déplacements il prépare, le coup qu'il s'apprête à jouer.

Il fait escale à Venise, rend visite à Minna Viscontini, cherche dans son regard celui de son amour de jeunesse, me félicite, non sans mélancolie, de ma chance au jeu de la vie. Nous allons écouter *Don Giovanni* à la Fenice (phénix est féminin en italien), et voici que la musique et les voix font voler le théâtre, et toute la lagune avec lui. On sort, on marche un peu dans la nuit, on prend le bateau, l'eau nous enveloppe, tout est velours, tout est gratuit.

DU MÊME AUTEUR

Aux Éditions Gallimard

FEMMES, *roman*, 1983 (Folio n° 1620).

PORTRAIT DU JOUEUR, *roman*, 1985 (Folio n° 1786).

THÉORIE DES EXCEPTIONS, 1986 (Folio Essais n° 28).

PARADIS 2, *roman*, 1986 (Folio n° 2759).

LE CŒUR ABSOLU, *roman*, 1987 (Folio n° 2013).

LES FOLIES FRANÇAISES, *roman*, 1988 (Folio n° 2201).

LE LYS D'OR, *roman*, 1989 (Folio n° 2279).

LA FÊTE À VENISE, *roman*, 1991 (Folio n° 2463).

IMPROVISATIONS, *essai*, 1991 (Folio Essais n° 165).

LE RIRE DE ROME, *entretiens avec Frans De Haes*, 1992 (L'Infini).

LE SECRET, *roman*, 1993 (Folio n° 2687).

LA GUERRE DU GOÛT, *essai*, 1994 (Folio n° 2880).

SADE CONTRE L'ÊTRE SUPRÊME *précédé de* SADE DANS LE TEMPS (Quai Voltaire, 1989), 1996.

STUDIO, *roman*, 1997 (Folio n° 3168).

PASSION FIXE, *roman*, 2000 (Folio n° 3566).

ÉLOGE DE L'INFINI, *essai*, 2001 (Folio n° 3806).

LIBERTÉ DU XVIIIème, 2002 (Folio 2 € n° 3756).

L'ÉTOILE DES AMANTS, *roman*, 2002 (Folio n° 4120).

POKER. ENTRETIENS AVEC LA REVUE LIGNE DE RISQUE, coll. L'Infini, 2005.

UNE VIE DIVINE, *roman*, 2006 (Folio n° 4533).

LES VOYAGEURS DU TEMPS, *roman*, 2009 (Folio n° 5182).

DISCOURS PARFAIT, *essai*, 2010 (Folio n° 5344).

TRÉSOR D'AMOUR, *roman*, 2011 (Folio n° 5485).

L'ÉCLAIRCIE, *roman*, 2012.

Dans les collections « L'Art et l'Écrivain » ; « Livres d'art » et « Monographies »

LE PARADIS DE CÉZANNE, 1995.

LES SURPRISES DE FRAGONARD, 1987.

RODIN. DESSINS ÉROTIQUES, 1986.

LES PASSIONS DE FRANCIS BACON, 1996.

Dans la collection « À voix haute » (CD audio)

LA PAROLE DE RIMBAUD, 1999.

Aux Éditions Grasset

VISION À NEW YORK, *entretiens avec David Hayman* (Figures, 1981 ; Médiations/Denoël ; Folio n° 3133).

Aux Éditions Plon

CARNET DE NUIT, *essai*, 1989 (Folio n° 4462)

LE CAVALIER DU LOUVRE : VIVANT DENON, 1747-1825, *essai*, 1995 (Folio n° 2938).

CASANOVA L'ADMIRABLE, *essai*, 1998 (Folio n° 3318).

MYSTÉRIEUX MOZART, *essai*, 2001 (Folio n° 3845).

DICTIONNAIRE AMOUREUX DE VENISE, 2004.

UN VRAI ROMAN, MÉMOIRES, 2007 (Folio n° 4874).

Aux Éditions Lattès

VENISE ÉTERNELLE, 1993.

Aux Éditions Desclée De Brouwer

LA DIVINE COMÉDIE, *entretiens avec Benoît Chantre*, 2000 (Folio n° 3747).

VERS LE PARADIS : DANTE AU COLLÈGE DES BERNARDINS, *essai*, 2010.

Aux Éditions Carnets Nord

GUERRES SECRÈTES, 2007 (Folio n° 4995).

Aux Éditions Robert Laffont

ILLUMINATIONS, *essai*, 2003 (Folio n° 4189).

Aux Éditions Calmann-Lévy

VOIR ÉCRIRE, *entretiens avec Christian de Portzamparc*, 2003 (Folio n° 4293).

Aux Éditions Verdier

LE SAINT-ÂNE, *essai*, 2004.

Aux Éditions Hermann

FLEURS. Le grand roman de l'érotisme floral, 2006.

Au Cherche midi éditeur

L'ÉVANGILE DE NIETZSCHE, *entretiens avec Vincent Roy*, 2006 (Folio n° 4804).

GRAND BEAU TEMPS, 2009.

Aux Éditions du Seuil

Romans

UNE CURIEUSE SOLITUDE, 1958 (Points-romans n° 185).

LE PARC, 1961 (Points-romans n° 28).

DRAME, 1965 (L'Imaginaire n° 227).

NOMBRES, 1968 (L'Imaginaire n° 425).

LOIS, 1972 (L'Imaginaire n° 431).

H, 1973 (L'Imaginaire n° 441).

PARADIS, 1981 (Points-romans n° 690).

Journal

L'ANNÉE DU TIGRE, 1999 (Points n° 705).

Essais

L'INTERMÉDIAIRE, 1963.

LOGIQUES, 1968.

L'ÉCRITURE ET L'EXPÉRIENCE DES LIMITES, 1968 (Points n° 24).

SUR LE MATÉRIALISME, 1971.

Aux Éditions de La Différence

DE KOONING, VITE, *essai*, 1988.

Aux Éditions Cercle d'Art

PICASSO LE HÉROS, *essai*, 1996.

Aux Éditions Mille et Une Nuits

UN AMOUR AMÉRICAIN, *nouvelle*, 1999.

Aux Éditions 1900

PHOTOS LICENCIEUSES DE LA BELLE ÉPOQUE, 1987.

Aux Éditions Stock

L'ŒIL DE PROUST. Les dessins de Marcel Proust, 2000.

Préfaces

Paul Morand, NEW YORK, *GF Flammarion*.

Madame de Sévigné, LETTRES, *Éditions Scala*.

FEMMES MYTHOLOGIES, en collaboration avec Erich Lessing, *Imprimerie Nationale*.

D.A.F. de Sade, ANNE-PROSPÈRE DE LAUNAY : L'AMOUR DE SADE, *Gallimard*.

Mirabeau, LE RIDEAU LEVÉ OU L'ÉDUCATION DE LAURE, *Jean-Claude Gawsewitch Éditeur*.

Willy Ronis, NUES, *Terre bleue*.

Louis-Ferdinand Céline, LETTRES À LA N.R.F., *Gallimard* (Folio n° 5256).

Composition Nord Compo
Impression Novoprint
à Barcelone, le 08 octobre 2012
Dépôt légal : octobre 2012
ISBN 978-2-07-044900-2./Imprimé en Espagne.

245481

Philippe Sollers

Trésor d'Amour

« On vit donc à Venise, Minna et moi, à l'écart. On ne sort pas, on ne voit personne, l'eau, les livres, les oiseaux, les arbres, les bateaux, les cloches, le silence, la musique, on est d'accord sur tout ça. Jamais assez de temps encore, encore. Tard dans la nuit, une grande marche vers la gare maritime, et retour, quand tout dort. Je me lève tôt, soleil sur la gauche, et voilà du temps, encore, et encore du temps. On se tait beaucoup, preuve qu'on s'entend.

Les amoureux sont seuls au monde parce que le monde est fait pour eux et par eux. L'amour est cellulaire dans les tourbillons du hasard, et ces deux-là avaient une chance sur quelques milliards de se rencontrer à la même époque. Entre le français et l'italien, il y a une longue et bizarre histoire. Elle ne demande, avec Stendhal, qu'à s'approfondir. »

A 44900 catégorie **F7**
ISBN 978-2-07-044900-2
9 782070 449002

folio
folio-lesite.fr